見上げるGlare《グレア》

円陣闇丸 画

コオリ 著

この物語はフィクションであり、
実際の人物・団体・事件等とは、いっさい関係ありません。

CONTENTS

登場人物

城《き》戸《ど》八《や》雲《くも》

Sub

23歳。プログラマー。不安症でグレア過敏症。不安症のせいで目の下のクマがとれない。

景《けい》塚《づか》星《せ》那《な》

早熟Dom

12歳。小学6年生。八雲と頭1つ分以上違う身長差だが、5年後には186cm以上まで成長。

恵斗《けいと》

Sub

アパレル関係。八雲の数少ない友人。

景塚月也《けいづかつきや》

Dom

30代。星那の父親。景塚プロダクションという大手芸能事務所の社長。

Dom/Sub《ドム/サブ》 Universe《ユニバース》について

Dom/Subユニバースとは、「Dom」「Sub」「Switch」「Normal」という第二の性がある世界。

男性・女性問わず、皆が第二の性を持っており、15歳までに必ず検査する義務がある。

二次性（ダイナミクス）

Dom（ドム）

Subを庇護し、支配したいという本能を持つ。
リーダー的な立場のエリートが多い。
グレアと呼ばれる威圧感（目力・オーラなど）を発し、
Subを支配しやすい状態にすることができる。

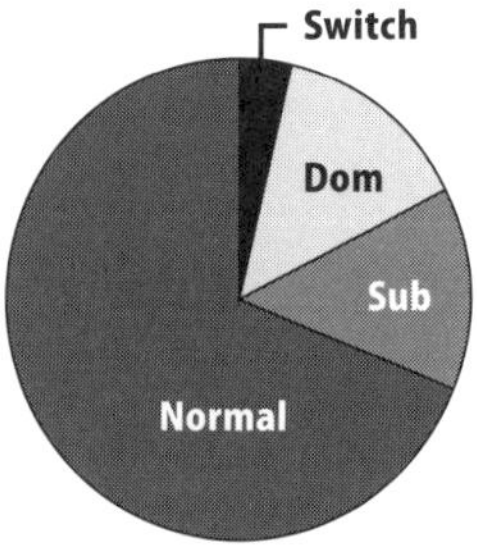

二次性（ダイナミクス）比

Sub（サブ）

Domに支配されたり、世話をされたいという本能を持つ。
一般的には献身的なタイプが多い。
Domからの支配を長期受けていないと
Sub不安症と呼ばれる不安症状を引き起こすことがある。

Switch（スイッチ）

Dom、Subどちらの特徴も持ち合わせているが、思春期以降にどちらかに固定することもある。

本人の意思次第で自由にどちらかに変化できたり、他者の二次性をコントロールできる者もいるなど、まだまだ未知の部分が多い。

Normal（ノーマル）

人口全体の7割ほどを占める、Dom、Sub、Switchなどの二次性を持たない人々。

ランク

DomとSubはそれぞれ個人の潜在性質の強弱をS、A、B、C、Dの5段階でランクづけしている。

15歳に行われる二次性検査の際に合わせて測定され、その情報は国に記録、管理されている。

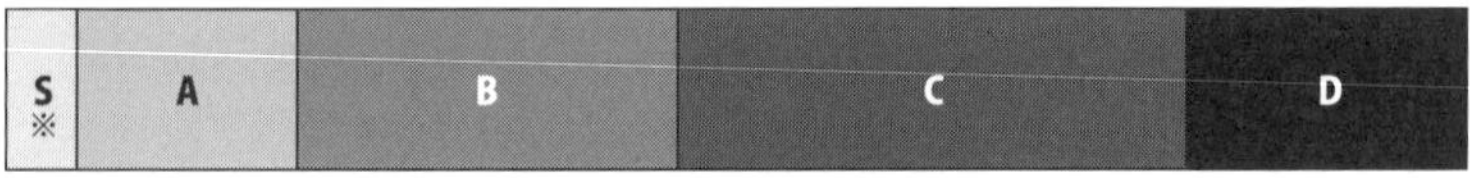

ランク比（Dom、Sub共通）

※Sランクの中には、Sランク以上も含まれる。

見上げるGlare《グレア》

頭一つ分以上違う身長。

全く傷んでいない艶やかな黒髪が、八雲《やくも》の目線より低い位置でさらりと揺れている。

きめ細やかな肌もすごく柔らかそうで、思わず手を伸ばして触れてみたくなってしまうほどだ。

だが、身動きを取ることはできない。上目遣いでこちらを見る、深い藍色の瞳から発せられる威圧《グレア》が——八雲を心ごと縛っているからだ。

「八雲さん、《跪いてください《Kneel》》」

声変わりも始まっていない少年の甘く高い声に優しく命令され、八雲の身体は一気に熱を上げた。

——この子に従いたい。

その感情を偽ることも、隠すこともできない。

相手は自分よりも一回り近く年下の、まだ小学生だというのに。

少年の——星那《せな》の放つグレアに屈したい、従いたいと願ってしまう自分がいる。

それが八雲のもう一つの性［Ｓｕｂ］の特性なのだとしても、こんなにも純真な相手を汚してしまうかもしれない自分の醜《みにく》い欲を、簡単に認めることはできなかった。

「——八雲さん」

「……っ、ん」

でも名前を呼ばれるだけで、ぞくりと胸の奥に震えが走る。いつまでも星那の命令に背き、立っていることなんてできるはずがなかった。

Ｓｕｂとは対となる〔Ｄｏｍ〕の性を持つ星那の命令に、八雲は逆らうことができない。

逆らいたいとも思わない。

心地よい支配に従うことを、本能が望んでしまう。

ぺたり、とその場に座り込んだ。

――星那の望むＫｎｅｅｌの格好は、こう……。

目の前にいるＤｏｍに少しでも気に入られようと、先日、星那に教えられたばかりのＫｎｅｅｌの姿勢を取る。

どうだとばかりに顔を上げると、嬉しそうに笑った星那と視線が絡んだ。

「ちゃんと俺が教えたことを覚えてたんですね。《えらいですよ《Ｇｏｏｄ ｂｏｙ》》、八雲さん」

――褒めてもらえた。

ＤｏｍにＧｏｏｄと褒められると、Ｓｕｂは恍惚《こうこつ》感に満たされる。

とろりと八雲の思考は蕩《とろ》けた。

それだけではない。

頭を撫でる小さく柔らかな手のひらの感触に、身体の奥からふつふつと湧き上がるような興奮を覚えてしまっている。

――だめ、なのに。

まだ子供である星那にこんな邪《よこしま》な感情を抱くなんて、あってはならないことだ。たとえ相手がＤｏｍだとしても、星那はまだ小学六年生なのだから。

こんな醜い感情を抱いていいわけがない。

そう思っていても、Ｓｕｂの本能は否応なくＤｏｍの支配に反応する。

心を縛られ、支配され、跪《ひざまず》かされることに、陶然《とうぜん》とした心地よい快楽と悦《よろこ》びを覚えてしまう。

「八雲さん……可愛いですね」

――可愛いのは、お前のほうだろ。

理性ではそう思いながらも、髪を梳《す》くように撫でてくれる星那の手が愛おしい。

無意識に自分から擦り寄ってしまうぐらい、星那にたくさん褒められたいと願う自分がいる。

くるりと大きな瞳が八雲を映した。

Ｋｎｅｅｌをしている今なら、目線はほとんど変わらない。いつも自分を見上げてくる星那の顔が、すぐ目の前にある。

星那の瞳が自分を映しているのが嬉しい。

睫毛《まつげ》の落とす影がはっきりとわかるほど間近でその瞳にうっとりと視線を奪われていると、星那がふわりと表情を緩めて笑った。

「まだ、欲しいですか？」

――欲しい。

己の欲が求める願望のままにそう答えてしまいそうになって、八雲は慌てて自分を律した。

これ以上、星那に求めてはいけない。

Ｓｕｂとしての浅ましい姿をこれ以上、この子に晒してしまう前にやめなくては――。

八雲はゆっくりと首を横に振る。

「もう、充分だよ……薬を飲まなくていいぐらいにはなったし」

そう、嘘をついた。

星那のくれたグレアとコマンドで、Ｓｕｂとしての欲求が多少満たされたことに嘘はない。

しかしまだ、いつも飲んでいる安定剤がいらなくなるほどではなかった。

本当はもっと支配されたい。

このＤｏｍに、自分のすべてを縛られたい。

ともすれば、あふれてしまいそうになる気持ちに蓋をして、八雲は自分の心を偽った。

「それならよかったです」

どれだけあからさまな嘘でも、星那は全く疑うことなく信じてくれる。

星那を騙《だま》すのはそれだけで心が痛んだが、こんなにも純粋な気持ちで自分を慕ってくれている星那を汚すことは、それ以上にあり得ないことだ。

――せめて、おれが星那以外のグレアも平気になれば、こんなことを星那に頼まなくて済むのに。

自分の体質を恨む。だが、本当にこの子を巻き込みたくないのなら、八雲が前の生活に戻せばいいだけなのだ。

病院から出された薬だけで己のＳｕｂの欲求を抑え込んでいた、前の生活に。

――そしたらまた、先生にはめちゃくちゃ怒られるんだろうけど。

通院のたびに聞いていた主治医の怒鳴り声を思い出す。

それを最後に直接聞いたのはもう三ヶ月も前、まだ夏の気配が色濃く残る九月のことだった。

†

「バカだろ、お前は!」

診察室に入るなり、そんな怒鳴り声に出迎えられた。

酒焼けしたダミ声の怒声は、八雲の主治医である寺嶌《てらしま》のものだ。

診察室の扉はまだ大きく開いたままだったので、廊下で次の診察を待っていた他の患者が驚いた顔でこちらを見ている。

八雲は慌てて扉を閉めると、自分を怒鳴りつけてきた主治医のほうをおそるおそる振り返った。

――うっわ、めちゃくちゃ怒ってる。

予想はしていたが、寺嶌はすごい剣幕で八雲のことを睨《にら》みつけていた。

頭に二本、鬼のツノが生えている幻覚が見える気がする。

寺嶌は今年五十歳になったはずなのに、その怒鳴り声は昔と変わらず、衰える気配はなかった。

もう少し落ち着いて話をしてくれればいいのにとも思うが、怒らせているのが自分だとわかっているだけに何も言えない。

今日も怒鳴られる覚悟はしてきていた。

必ず月に一度は受診しろと言われているのに、前回ここに足を運んだのはもう三ヶ月近く前。

そうなると、ひと月分しか貰っていない薬では足りなくなるはずだが、毎食後に飲まなければいけない薬を、多ければ日に二度ほど忘れてしまう八雲の手元には、前回受診時に処方された薬が実はまだ残っていた。

これを正直に言えばまた怒られるんだろうな――などとこっそり考えながら、八雲は俯《うつむ》いて小さく溜め息を吐き出す。

「溜め息をつきたいのは、ワシのほうなんだがなぁ」

「……う。それは……はい。ごめんなさい」

怒られるようなことをしている自覚はあるので、ここは素直に謝っておく。

勢いよく頭を下げると、ここしばらく伸ばしっぱなしだった髪が、ぱさりと八雲の顔にかかった。

八雲と寺嶌の付き合いは、もう十年近くになる。

寺嶌に初めてお世話になったのは、八雲が中学生のときだった。

こうして長く診《み》てもらっていると、その関係はただの医師と患者というより、身内のようなものになってくる。

それこそ、こんな風に人目も気にせず怒鳴りつけてくるぐらいだ。寺嶌も八雲のことを同じように思っているのだろう。

――もしかしたら、親父よりも先生に怒鳴られた回数のほうが多いかもな。

寺嶌は八雲が間違ったことをすれば、こうして遠慮なく叱ってくれる。

それが寺嶌の思いやりからくる行動であることは充分わかっていたが――ただ、八雲ももう二十三歳になるのだ。

それなのに、いまだにこうして人前で怒鳴られるというのはどうなのだろう。

なんとも言えない気持ちになりながら、八雲は懲《こ》りずにもう一度、こっそりと溜め息をこぼした。

「八雲てめえ、三ヶ月も顔を出さずに今頃現れるとはどういうつもりだ！」

「その……仕事が、忙しくて」

「死にてえのか!!」

どしゃーん、と激しい雷の音が重なって聞こえたような気がした。

寺嶌の怒鳴り声は、何度聞いても心臓に悪い。

「でも、ほら……いつもどおり、平気だったし」

「どこが平気だ！　お前、鏡は見てんのか！」

「……見た、けど」

「見たならわかってんだろ。顔色の悪さに加えて、そのクマ！　相手がお前じゃなかったら、強制入院ものだぞ！」

――マジかぁ。そこまでひどいのか。

そこまでの自覚はなかった。

ここ最近は確かに寝不足気味だったが、それだって薬を貰ってちょっと眠れば、どうにかなるレベルだと思っていたのに――医師の目から見ると、相当ひどい状態らしい。

「前から言ってんだろ。Ｓｕｂ不安症をナメてんじゃねえ。本当に死ぬんだぞ。お前はただでさえ、プレイを自由にできないってのに」

Ｓｕｂ不安症とは、Ｄｏｍの支配が足りない場合にＳｕｂが引き起こす精神疾患の総称だ。発症すればひどい鬱《うつ》のような症状が、短期間に次々に起こるものだと説明を受けたことがある。

そして、それが簡単に死に繋がってしまうものだということも知らないわけではなかった。

「……でも、別におれは自殺願望とか全然ないし」

不安症の死因となるのは、大半が自死だ。

絶えず襲いくる不安な気持ちに耐えきれず、Ｓｕｂ本人が自ら命を絶つ。

だが八雲はこれまで、そんな願望を抱いたことは一度もなかった。

そこまで強い不安に襲われたことだってない。

「それがナメてるっつってんだ。あれは突然来るもんなんだぞ。予兆なんてねえんだ。お前みたいに平気って言ってた次の日に、突然死んだやつだっているんだからな」

「それは――……ごめん」

その話を知らなかったわけではない。

寺嶌は過去に何人もの患者を不安症で亡くした経験がある。八雲が学生の頃から、何度も聞かされてきた話だ。

それでも、自分は大丈夫だろうと根拠もなく思ってしまう。

今までどれだけ無理しても、そこまでひどくなったことがないから、余計にそう考えてしまうのかもしれない。

八雲は見た目に症状が出やすい反面、心理的な症状は出にくい性質のようだった。

例えるなら、酒を飲んですぐに顔は赤くなるが、ふらついたり、記憶を飛ばすようなことは絶対にないといった感じだろうか。

他人の症例をいくつ聞いたところで、自分の感覚が基準になってしまうのは仕方ない。

Ｓｕｂ不安症がそこまでまずいものだという感覚が八雲にはなかった。

「ほら、おれって薬も効きやすいしさ」

「それだって、いつまでそうかはわかんねえぞ。急に効かなくなったらどうするんだ」

患者を脅すような言い方は医者にはふさわしくない。でもそんな乱暴な言葉からでも、寺嶌が心配してくれている気持ちは充分に伝わってくる。

「……ごめん」

ぐっ、と顰《ひそ》められた眉の下の寺嶌の目は真っ赤に充血し、涙が滲んでいるようにも見えた。

「ったく……いつもの薬だけじゃ心配だから、もしものとき用に強めの薬も出しておく――が、あくまでどうにもならないときのための薬だ。いつもの薬で効かないと思ったら、すぐに連絡してこい。時間外でも構わねえから」

「……わかった」

そんなことにはならないと思うけど、なんて軽口を叩ける雰囲気ではなかった。

素直に話を聞き、こくりと頷《うなず》く。前回だって同じぐらい怒られたはずなのに、結局八雲はこうして何度も同じことを繰り返してしまう。

「お前……次はねえかもしれねえんだ。本当に、心配ばっかりかけてんじゃねえぞ」

扉が閉まる直前に聞こえた寺嶌の絞り出すような声に、さすがの八雲も胸が鋭く痛むのを感じた。

†

「で？　珍しく、ここに顔を出すことにしたわけだ」

「そりゃあ、おれだって……先生にあそこまで言われれば、ちゃんと反省ぐらいするし」

次の日の夜、八雲はバーを訪れていた。

これまでにも何度か来たことのあるプレイバーだ。

プレイバーとは基本、ＤｏｍとＳｕｂがお互いの欲を発散するために集まる場所だが、この店は客同士の出会いと交流にも重きを置いている。

プレイに対して、人より消極的な八雲でも訪れやすい店だった。

隣にいるのは、恵斗《けいと》。八雲の数少ない友人で、同じＳｕｂでもある。

今夜、八雲がこのバーに顔を出す予定だと連絡を入れたら、わざわざ予定を合わせて来てくれた。

「反省……ねえ」

恵斗が含んだように言いながら、ふふんと鼻を鳴らして笑う。何を言いたいかはなんとなくわかったが、今は何も言い返さないでおいた。どうせ墓穴を掘るだけだ。

八雲は壁にもたれて立ったまま、先ほどカウンターで受け取ったオレンジジュースを一口飲む。

自分の隣に立つ、恵斗のほうに視線を向けた。

平均体型の八雲に比べ、恵斗は少し小柄だ。だが、小顔ですらっとスタイルもよいおかげで、そこまで小さいという印象はない。

柔らかい印象のある淡いブラウンの髪、ふわふわのくせっ毛を活かしたヘアスタイルに合わせて、今日は全体を同じブランドもので纏めたユニセックスな格好をしている。アパレル関係の仕事をしているというだけあって、恵斗は自分に似合うものをよくわかっているようだった。

「相変わらず、恵斗の服には金がかかってるよなぁ」

「……逆に八雲はもうちょっと、見た目に気を使ったほうがよくない？」

恵斗に真顔でそう指摘されて、八雲は初めて自分の身体を見下ろした。

グレーのカジュアルシャツに黒い細身のチノパン。一応、家にあった綺麗めの服を選んで手に取ったつもりだったが、確かに恵斗と比べると、そのもっさり具合が気にならなくもない。

服と身体のサイズがきちんと合っていないせいだろうか。そこまで野暮ったいというほどではなかったが、おしゃれかと問えば、聞かれた十人中九人は首を捻《ひね》るレベルだろう。

「その髪だって……最後に切ったの、いつ？」

「……そういえば、いつだっけ」

記憶を遡《さかのぼ》ってみる。最後に美容室に行ったのはそこまで前ではないと思い込んでいたが、かなり短めに切ってもらったはずの前髪が、今では完全に目に覆いかぶさるほど伸びてしまっていた。ゆるめに当ててもらったパーマも中途半端に取れ、今ではただの寝癖のようにしか見えない。

八雲は空になったグラスを傾けると、中の氷をからからと鳴らした。

おもむろに自分の前髪を引っ張る。傷んだ髪の中に、数本の枝毛を発見した。

「ったく。珍しく店に来るっていうから、少しはまともな格好してくると思ったのに」

「悪い……なんか全然、頭回ってなかった」

「その顔だってそうだよ。クマもひどいしさ。八雲って元はそんなに悪いわけじゃないのに……なんか全体的に残念だよね」

これも不安症の症状なのだろうか。

普段よりさらに自分に無頓着になってしまっている気がする。

目の下のクマも、そこまでひどいとは思っていなかったし、髪型や服装だって恵斗に指摘されるまで意識すらしていなかった。

主治医の寺嶌が忠告してきたとおり、今の八雲はあまりいい状態ではないのかもしれない。

「それにしても、今日は人が少ないねー」

「……まあ、平日だしな」

ぐるりとプレイバーの店内を見回す。

恵斗が言ったとおり、今日は客が少ないようだった。

照明が全体的に薄暗く、見るからに怪しげな雰囲気の店内だが、この店はきちんと国からの認可が下りているプレイバーだ。入店には公的に発行されている写真付きの証明書の提示が必要になるが、そのおかげで相手の身元を心配する必要がない。

チェックの際に入店料がかかる分、客層がかなり絞られてしまうが、八雲にとっては少しでも安心できる環境であることのほうが重要だった。

「チェックのない店なら、ここよりもうちょいは人がいるんだろうけどね。八雲はそういうとこ行くの、嫌なんでしょ？」

「……だって、そういう店って怪しいやつばっかかなんだろ？」

「そこまで、やばい人ばっかりじゃないって。でもま、安心できるほうがいっかぁ」

「当たり前だろ」

「っていっても、八雲は店内プレイしかするつもりないじゃん。ほら、それ」

そう言って恵斗が指さしたのは、八雲の左手首だ。

そこには、幅三ミリほどの細いプラスチックのリングが二本ついている。

色はブルーとグリーン。

ブルーは八雲がＳｕｂであること、グリーンは店内プレイ希望だということを示していた。

相手に声を掛けなくとも腕輪の色を見るだけで相手の二次性と希望がわかる、この店独自の便利なシステムだ。

「そういう恵斗は……ピンクか」

「うん。パートナー絶賛募集中！　ってね」

「……お前、こないだ『ついに運命的な出会いを果たした！』とか言ってなかったっけ？」

「いつの話してんのさ。ってか、今もそんな相手がいたら、今日ここに来ると思う？」

――別れたのか。

それ以上、ツッコむのはやめておいた。

恵斗の場合、こういう話は絶対に長くなる。別にそんな話を聞きに来たわけではない。

今日の目的はＤｏｍと軽くプレイし、少しでもＳｕｂ不安症を解消することだ。そのために、出不精である八雲がわざわざこうして家を出てきたのだから。

「そういえば八雲、前に言ってた〔グレア過敏症〕って少しはよくなったの？」

恵斗が思い出したように聞いてきた。

「どうだろ……自分でもよくわからない。グレアを受けるの自体、かなり久しぶりだし」

「えー、マジ？　それっていつぶり？」

「いつだろ……」

記憶を辿りながら、指を折る。

一番最後にちゃんとしたプレイをしようとしたのは、確か高校を卒業した年だった。

それも結局は失敗してしまったわけだが。

――あれが十八のときで……今年、二十三になったから……ええっと。

「いい。もういいよ……軽く三年以上は受けてないわけだね」

「いや、たぶん五年」

「余計にひどいじゃん!!」

恵斗の叫び声が店内に響き渡る。

店にいた客の視線が、一斉に八雲たちのほうに注がれた。

「ちょっと、恵斗……声でかいって」

「う……ごめん。つい、びっくりして」

「――びっくりしたって、何に？」

二人の後ろから、知らない声が割り込んできた。

振り返ると八雲たちのすぐ後ろに、長身のスーツの男が立っている。年は八雲たちより少し上ぐらい、三十手前といったところだろうか。

見るからに高そうな生地のスーツと、鼻につくような笑みに嫌な予感がした。

八雲は視線をそっと、男の手首へと動かす。

予想どおり、そこには赤色のリングがはめられていた。Ｄｏｍだ。

——あー、これ。絶対、過敏症治ってないやつだ。

このＤｏｍが近くに来た瞬間から気分が悪い。

胃の中身をすべてぶちまけてしまいそうというほどではなかったが、ムカムカと胸のあたりに胃もたれのような不快感を覚える。

少量だが、この男はグレアを垂れ流しているようだ。

グレアというのは、ＤｏｍがＳｕｂを支配するときに出す特殊な威圧のオーラだ。

プレイのとき以外に出す必要はないものなのに、この男はいったい、どういうつもりなのだろうか。

——ろくなＤｏｍじゃないな。

この店に来るＤｏｍは身元ははっきりしているものの、その性格が必ずしもいいとは限らない。

こんな風に、ろくでもないＤｏｍと出会う確率も割と高かった。

たまにしか店を訪れない八雲ですらそうなのだから、ろくでもないＤｏｍというのは割合的に多いのかもしれない。

八雲は男に見えないように顔を背けると、そっと溜め息をついた。

「ねー、お兄さん。ピンクってことは僕狙い？」

「ん？　ああ、そっちの彼はグリーンなのか。店内プレイなんて、つまみ食いに来たのかな？」

つまみ食いというのは、本命がいるにもかかわらず、それ以外のＤｏｍとのプレイを望むことだ。

そんな器用なことができたら苦労しない。そう思いつつも、八雲は相手の言葉を無視した。

こういうＤｏｍは相手にしないほうがいい。

Ｄｏｍは Ｓｕｂを下に見ているものがほとんどだ。

この男も間違いなくそうなのだろう。Ｓｕｂなんて簡単に跪かせられると思っている顔だ——いや、それも自分の偏見なのかもしれないが。

「彼は無口なのか？　それとも《静かにしとけ》《Shush》と誰か別のＤｏｍに言われた？」

「こういう店に慣れてないだけだよ。お兄さんは僕じゃなくて、彼が気になるの？」

「いいや……彼のようなＳｕｂは好みではないよ。ただ、話す前からひどく嫌われてしまっているようなのが気になってね」

「Ｄｏｍにも慣れてないんだよ。ごめんね」

恵斗は申し訳なさそうな顔をしているが、たぶん内心ではそう思っていない。

Ｓｕｂだって、Ｄｏｍに従うだけではない。

今の恵斗の話し方だって、随分とよそ行きだった。

決して愛想が悪いわけではないが、いつもに比べて壁を感じる話し方のように聞こえる。

「ふうん。で、君は？　私に興味はある？」

「……んー、今日はもう少し彼についてあげたいんだよね。ほら、彼ってこんなだから、一緒にいてあげないと心配でしょ？」

「それもそうか。じゃあ、また気が向いたら声を掛けてくれ」

うまくあしらえたようだ。

相手をしたのは全部恵斗だが、八雲もどっと疲労感を覚えていた。

あんないかにも面倒そうなＤｏｍの誘いすら、うまくはぐらかせるなんて、恵斗はさすがとしか言いようがない。八雲だけだったら余計なことを言って相手を怒らせてしまい、もしかしたらちょっとした騒ぎになっていたかもしれない。

「……ふー、やばそうなやつだったねー」

「苦手だ。ああいうＤｏｍは」

「そんなの言わなくたってわかるよ。八雲は顔に出しすぎ！　さっきのＤｏｍ、怒ってグレア出すんじゃないかってヒヤヒヤしたじゃん！」

ぷうっと頬を膨《ふく》らませた恵斗に、ぺちりと額を叩かれる。

八雲が小声で謝ると「一杯奢《おご》りね」と、恵斗が手に持ったグラスを軽く持ち上げた。


二時間後。

八雲は結局誰ともプレイできないまま、プレイバーを後にした。

いいと思えるＤｏｍがいなかったわけではない。

もちろん誘いを待つだけでなく、自分からも声を掛けようとチャレンジしてみたが、無理なことに変わりはなかった。

相手がどんなＤｏｍであっても近づくだけで気持ち悪くなってしまう。

最後まで話を続けることすらできなかった。

やはり、前よりもグレア過敏症の症状がひどくなっているとしか思えない。

――前はここまでじゃなかったのに……厄介な体質すぎるだろ。

八雲は小さく溜め息をこぼす。

「いいよなぁ……恵斗は」

プレイすることを諦め、一緒に店を出ようと恵斗に声を掛けたが、「いい人を見つけたから」とあっさり断られてしまった。

いつの間にDomと交流を深めていたのだろう。

店にいる間はほとんど、八雲の傍《そば》にいたはずなのに。

恵斗は相手を見つけるのが本当にうまい。顔も愛想もいいから、Domからのアプローチも多いのだろう。

人見知りすることもないし、話すと楽しい。

そんな恵斗が光なら、八雲は闇だ――いや、病みかもしれない。

目の下にクマがあるだけで印象はよくないのに、表情だってお世辞にも明るいとはいえない。

その上、髪型も服装もダサいSubなんて、過敏症の症状がなくてもモテるわけがないだろう。

――最初に声を掛けてきたDomも、はっきり『好みではない』って言ってたもんなぁ。

あんなDomに何を言われたところで傷ついたりはしないし、好かれたいとも思わなかったが、あもはっきり言われるとやはり気になる。ああいう面倒そうなDomは八雲のほうから願い下げだったが、基本的に印象さえ悪くなければ、Domを選り好みする気はない。

グレアで気持ち悪くならない相手であれば、多少の妥協はするつもりだった。

でも、今はそのチャンスすらない。

——おれだって少しぐらい、Ｄｏｍとお近づきになりたいんだけどなぁ。

こんな体質だ。固定のパートナーを持つことは難しいとしても、軽いプレイを頼める程度のＤｏｍの知り合いぐらいは欲しかった。

でも近づくだけで、この有り様だ。

まずはこの症状をどうにかしないと、何もうまくいきそうにない。

「あーあ……どうしたもんかな」

くさくさとした気持ちで夜の繁華街を歩く。

こちらも週末に比べれば人通りは少なかったが、それでも見える範囲の飲み屋には結構客が入っているようだ。賑《にぎ》やかな笑い声があちこちから聞こえてくる。

そんな声を聞きながら、八雲はポケットからスマホを取り出すと、おもむろに検索画面を開いた。

「……『グレア過敏症』、っと」

それは八雲にとって、もう何度も検索したことのある言葉だった。

グレア過敏症というのは正式な病名ではない。最初はこんな名称すらなく、潔癖症のＳｕｂがグレアによる支配を極端に拒絶しているだけだと思われていた。

そうではないと言われ始めたのは、本当にごく最近のことだ。

それでもまだ正式に病名とは認められていないので、きちんとした対処法もなければ、薬も存在しなかった。

研究を進めている人間はいるらしい。

そういった新しい情報のほとんどはネットから拡散される。中にはデマも混ざっていたが、藁《わら》にもすがりたい気持ちの八雲にとって、そういった情報は唯一の希望だった。

ネットの症例を調べる限り、八雲の症状は重症に分類されるようだ。

八雲の場合、どんなに弱いグレアであっても浴びせられると途端に具合が悪くなり、震えと吐き気に襲われる。ただのグレア過敏症にしてはあまりにひどいので、本人も気づいていない精神的な要因があるのではないかと疑われ、そういう治療を試したこともあったが、改善は全く見られなかった。

症状は一過性のもので、思春期を過ぎれば治る可能性が高いという診断をした医師もいたが、結局は二十三歳になった今もその症状は変わらない。

むしろ、昔よりひどくなっている気がしていた。

「……やっぱり、そんな簡単にいい方法は見つかんないよなぁ」

検索画面をどれだけスライドさせてみても、出てくるのはすでに知っている情報ばかりだ。

現実の厳しさに、さらに気が滅入《めい》ってくる。

大きく溜め息をついた瞬間、八雲の肩に強い衝撃が走った。

「……っと」

「おい、よそ見してんじゃねェ！」

ふらりとよろけたところに怒声が飛んでくる。

スマホに夢中になっていて、注意が散漫になってしまっていたようだ。振り返ると八雲とぶつかったサラリーマン風の男が、自分の落とした荷物を拾っているところだった。

「あ、と……すみません」

「あぁん？　なんだぁ？　てめえ、Ｓｕｂか？」

顔を上げた男が、八雲をきつく睨みつける。

酔っぱらい特有のどろりとした視線の中には、グレアが混ざっていた。

――こいつ、Ｄｏｍだ。

プレイバーで会ったＤｏｍの垂れ流していたグレアの比ではない。強いグレアをいきなり当てられ、八雲は込み上げてきた吐き気に口を押さえた。

口の中いっぱいに酸っぱさが広がり、身体が小刻みに震え始める。

そんな八雲を見て、男がにたりと笑った。

八雲が自分を恐れて震えているのだと、勘違いしているのだろう。

――これは……やばい。

すぐにでも、その場にうずくまってしまいたいぐらい気持ちが悪かったが、そうもできなかった。

これ以上、このＤｏｍにグレアを食らわされ続けるわけにはいかない。

助けを求めるように周りを見たが、通行人にはことごとく視線を逸《そ》らされてしまう。他人同士のいざこざに巻き込まれるなど、誰にとっても迷惑でしかないからだ。

――逃げよう。

相手はかなり酔っぱらっているので、まともに話が通じるとは思えなかった。

そうなればもう、この場から逃げ出す以外、手段はない。

八雲は何度も込み上げる吐き気を堪《こら》えながら身体を反転させると、男に背を向けて駆け出した。

八雲の逃げ込んだ路地は行き止まりだった。

こんな冴えないSubのことなんて放っておいてくれればいいのに、酔っぱらいの男は執拗に八雲のことを追ってくる。

Dom特有の執着だろうか。酒に酔っていて、正常な判断ができていないのかもしれない。

八雲の肉体は限界が近かった。

グレアのせいで足元はふらつき、気持ち悪さで頭もよく回っていない。

それでも必死に男から逃れるように路地を突き当たりまで進むと、一番奥の壁に両手をついた。

飲食店の裏口が並ぶ細い路地には、古い油の臭いがこもっている。吹き溜まりに滞《とどこお》るその臭いが、気持ち悪さに輪をかけて八雲の吐き気を悪化させた。

足を止めても、乱れた呼吸は落ち着かない。残り少ない体力がどんどん削られていく。

八雲は煤《すす》と油で黒く汚れた壁にもたれかかると、そのまま、ずるずると脱力するように地面に座り込んだ。

もう動けそうにない。

追いついてきた酔っぱらいのDomがそんな八雲を見て、また気持ち悪い声を上げて笑った。

「ははっ、まだ《おすわり》《Kneel》も言ってないのに、随分とせっかちなSubだなァ」

八雲が自分に跪いたと思ったらしい。

男との距離はまだ離れているが、容赦なく放たれるグレアは確実に八雲に届いている。

気持ち悪さがずっと続いたまま、治まりそうにない。

「く……っ」

震えもどんどんひどくなり、全身の体温まで下がり始めていた。

——これ、本当にやばい……かも。

グレア過敏症だけでなく、Ｓｕｂ不安症も悪化してきているようだった。

このままの状態が続けば、よくて意識を失うか、悪ければドロップと呼ばれるＳｕｂ特有のバッドトリップを引き起こしてしまうかもしれない。

——そうだ、薬。

鞄《かばん》の中に病院で出してもらった安定剤が入っていることを思い出す。八雲は腕の震えをなんとか抑えながら、自分の鞄に手を伸ばした。

「何をするつもりだ、てめえ。《動くな《Stop》》」

こんなＤｏｍの命令になんて絶対に従いたくないのに、男が鋭く放ったコマンドが、八雲の身体の自由を奪う。

いや、これはコマンドのせいではない。

「う、うぐ……ッ」

気持ち悪い、怖い、寒い——いろいろな不安が一気に押し寄せてくる。そのせいで、身体が固まって動けなくなってしまったのだ。

もう、どうすればいいのかもわからない。

近づいてくる男の足音に、恐怖と嫌悪感がどんどん膨れ上がっていく。

八雲がぎゅっと身体を丸めるように縮こまらせた——そのときだった。

「それは、同意の上で行っているプレイですか？」

こんな場所にはそぐわない、変声期前の少年の声が八雲の耳に届いた。

凛《りん》とした響き、その内容は明らかにこちらに向けられたものだ。

「あぁン？」

男がゆっくりとした動作で声のほうを振り返る。

八雲の座っている位置からも、男の身体越しに路地の入り口に立つ小さなシルエットが見えた。

逆光のせいで顔はよく見えないが、それは間違いなく子供のものだ。

——なんで……こんな場所に、子供が。

八雲は慌てたが、腰が抜けてしまい立ち上がることができなかった。声を上げようにも少しでも息を強く押し出せば、胃の中のものをすべて吐き出してしまいそうになる。

今は震えながら、その光景を眺めていることしかできなかった。

「邪魔してんじゃねえ、クソガキがァ」

「——同意ですか、と聞いているのですが」

「うっせェ!!」

酔っぱらいの男が、近くにあったゴミ箱を力任せに蹴る。

ガン、と激しい音が狭い路地に反響した。

「——っ！」

不快な金属音に、身体を一番大きく震わせたのは八雲だ。

どうやら悪化した不安症のせいで、音に敏感になってしまっているらしい。震えが強くなり、奥歯がカチカチと音を立て始めた。

男が蹴った拍子に外れたゴミ箱の蓋が転がる音にまで、不必要に怯えてしまう。

押し潰されそうなほどの不安のせいで、呼吸さえうまくできなかった。どんなに深く吸おうとしても空気が入ってこない。

息苦しさに視界がちかちかと明滅《めいめつ》し始める。少しでも気を抜けば、このまま意識を失ってしまいそうだった。

——だめだ、せめて……あの男の意識をこっちに向けないと。

あの勇敢な少年を巻き込むわけにはいかない。

自分はどうなったとしても、少年に被害が及ぶことだけは避けたかった。そう気持ちだけは焦っているのに、八雲の身体は動きそうにない。

「だめ、だ……逃げろ…………」

吐き気を堪えて必死に声を出したが、その声は囁き程度にしかならなかった。

八雲の声はどちらにも届いていない。

「ハッ。ビビったなら、ガキはすっこんでろ」

「やっぱり——同意ではなさそうですね」

男のイキった声に対して、少年は特に怯えた様子もなく冷静だった。重さを感じさせない少年の足音が、少しずつこちらに近づいてくる。

——だめだ、いけない。

叫ぼうとして、八雲は激しく咳き込んだ。

口からあふれた胃液が地面に落ちる。

「ぁン？　痛い目に遭わねえとわかんねえのかァ？」

「痛い目とはなんですか？　暴力ですか？」

「はっ、てめェみたいなガキ、これで充分だ!!」

男が何をしようとしているのか、八雲の位置からはよく見えなかった。

本当にまずい状況になったら、男の足に摑みかかってでも少年を助けなければ——今の八雲はその気持ちだけで、ギリギリ目を開けているような状態だ。

「……お粗末なグレアですね。威嚇《いかく》にもなっていませんよ」

「あァ……なんで、お前……それ？」

「同意のないプレイは通報対象です。今すぐやめますか？　それとも、警察のお世話になりたいですか？」

どうやら男は少年に対して、威嚇グレアを放ったようだった。だが、少年はそんな男に対して呆れた声でそう言い放っただけだ。

その冷静さはずっと変わらない。

反対に男はひどく慌てている様子だった。その背中からも焦りの感情が伝わってくる。

「お前……ガキのくせに、なんで」

「本当に通報しますよ」

少年がポケットからスマホを取り出す。

それを見た瞬間、男が少年に向かって駆け出した。

「……あぶな、ッ！　……っ!!」

大声を出そうとして、八雲はまた大きく咳き込んだ。

込み上げてきた胃液で喉が焼けるように痛む。

内臓が激しく絞られるような苦痛に、八雲は地面に両手をついて背中を丸めながら必死で耐えた。

「大丈夫ですか？」

少年の声がすぐ近くで聞こえた。

どうやら男は逃げ出しただけで、少年になんの危害も加えなかったらしい。

「……意識はありますよね？」

少年の問い掛けに答えたかったが、内臓が痙攣《けいれん》を繰り返しているせいでうまく声にならなかった。

八雲は地面に向かって顔を俯かせたまま、小さく頷く。そのわずかな意思表示が伝わったのか、少年が八雲の肩にそっと触れてきた。

芯まで冷えてしまった身体に染み込んでくる少年の体温に、少しだけ恐怖が遠ざかっていく。

閉じたままだった目をゆっくりと開いた。

すぐ目の前に少年の靴先が見える。

「もう大丈夫ですから、安心してください」

「う……、ぁ」

「つらいなら、無理に話さないでいいです」

まだ言葉はうまく話せそうにない。

声を出そうとしても口からこぼれるのは呻《うめ》き声だけで、身体も情けないほど震えたままだ。

少年はそんな八雲の背中を、ゆったりと優しい手つきで撫でてくれる。なんとか落ち着かせようと

してくれているようだった。

「救急車を呼びますか？」

「……いい、から」

やっと、少年の問いに対して、言葉が声になった。

少年の問いに対して、弱々しく首を横に振る。

頭を大きく揺らせば、今度こそ胃の中のものをすべて吐いてしまいそうだった。

「でも」

「必要、ないから……」

重ねてそう言った。

この症状は全部、あの酔っぱらいに無理やり浴びせられたグレアのせいだ。原因さえなくなってしまえば、そのうち落ち着くだろう。

あまり大ごとにはしたくなかった。

「……わかりました」

少年は渋々といった様子だったが、了承してくれた。

本当にしっかりしている子だ。声はまだ幼いのに、その話し方のせいでとても大人びて感じる。

そんな少年が隣にいてくれるだけでひどく安心するのは、不安症の悪化で八雲が極端に弱気になっているせいだろうか。

「でも……我慢は絶対によくないので、吐いてしまったほうが楽ならそうしてくださいね」

八雲の無理を察したのだろう。まだ声変わりもしていない少年にこんな風に諭《さと》されるなんて、情けない気持ちになってくる。

今だって迷惑をかけてしまっていることに対して、申し訳なさでいっぱいだった。

「大丈夫、だから」

なんとか振り絞った声は、誰が聞いても大丈夫には聞こえなさそうだった。

少年もそう思ったのだろう。よいしょ、という小さな掛け声とともに八雲の隣にしゃがむと、そっと窺《うかが》うようにこちらの顔を覗き込んでくる。

少年と目が合った瞬間、八雲の背中にびりっと弱い電流のような刺激が走った。

ひくん、と身体が勝手に跳ねる。

「ぁ……ッ」

倒れる――そう思ったが、自分ではどうすることもできなかった。

ふらりと傾いだ八雲の身体を支えるように、少年が慌てた様子で細い腕を伸ばしたのが見える。

少年は八雲の背中に腕を回し、しっかり支えようとしてくれたが、大人と子供の体格差だ。うまくいくはずもない。

八雲はそのまま、少年を押し倒すような格好で転んでしまった。

「ご、ごめ……」

「動かないでください。大丈夫ですから」

ぽんっと頭に乗せられた手の温度に、胸の内側までじんわりとあたたかくなってくる。

先ほどまで感じていた、どうしようもないほどの気持ち悪さと恐怖が、すっと波が引くように消えていくのがわかった。

少年は塾の帰りで、親の車を待っていたところだったらしい。

そこで偶然、酔っぱらいの男から逃げている八雲を見かけて、気になって追いかけてきたのだと説明してくれた。

「そういうの、やめたほうがいいよ。危ないから」

少年と話をしているうちに、八雲の症状は完全に治まっていた。

グレア過敏症の引き起こした気持ち悪さも、悪化しかけていたＳｕｂ不安症の症状も、驚くほどなんともなくなっている。

今は路地の入り口にあった階段に二人並んで腰を下ろし、少年の親が迎えにくるのを待っているところだった。

「もしまた、同じような状況を見かけることがあっても、今度は周りの大人に助けを求めるか、すぐに通報して警察に任せたほうがいい」

少年は八雲の言葉に特に反論せず、素直に頷いてくれた。

いかにも賢そうな子だ。

風が吹くたびにさらさらと揺れる、きっちりと切り揃えられた黒髪。意志の強そうな眉に、長い睫毛に縁取《ふちど》られた利発そうな瞳が印象的だった。

全体がバランスよく整っているその顔は、将来有望そうな美形タイプのイケメンだ。

街灯の光をきらきらと反射して、鮮やかに輝く藍色の虹彩《こうさい》に何度も視線を奪われそうになる。

――クラスの子にモテるんだろうなぁ。

真面目な話をしながらも、そんなことを考えていた。気持ちにも余裕が出てきたようだ。

今回、八雲は少年に助けてもらった側だったが、大人の立場としてはもう二度と、こんな子供を危険な状況に巻き込みたくはない。

たとえ、自分がどれほどピンチであってもだ。

今回は運よく男が退いてくれたが、次もそうなるとは限らない。勇敢な少年が怪我をするようなことにはなってほしくなかった。

「わかりました。今度からはすぐに、近くの大人を呼ぶことにします」

「うん、そうして。でも……ありがとう。君が来てくれて本当に助かった」

頭を下げ、改めて礼を言う。

この少年に助けられたのは本当だ。

彼がいなかったら今頃どうなっていたかなんて、想像もしたくない。

「当たり前のことをしただけです」

はにかむように笑った少年の顔はなんだか眩《まぶ》しかった。

澄んだ瞳でまっすぐ見つめられると、どうにも落ち着かない気持ちになってくる。

「あ、親が近くまで来てくれたみたいです」

そう言って、少年が立ち上がる。

その隣で八雲は、なぜか熱くなった自分の頬を両手で押さえていた。

†

頭の奥に、じわりとあたたかさが滲む。

思考が少しずつ曖昧《あいまい》になっていくような、ふわふわとした心地よい感覚に身を預けていると、急にぞくりと背筋に気持ちよさが駆け抜けた。

――今の、なんだ？

足から勝手に力が抜ける。

ぺたりと冷たい床に尻たぶが触れる感触に、八雲は今、自分が裸なのだと気がついた。

だが、ここがどこなのかはわからない。

――誰かの、部屋？　近くに人がいるみたいだけど。

ちゃんと目を開いているはずなのに、見えているものがうまく認識できない。

誰かがすぐ目の前にいるのはわかるのに、それがどんな人物なのか、どんな表情をしているのか、そんな当たり前のことがわからなかった。

『――――』

また、ぞくりと衝撃が走る。

その前に聞こえたのは、もしかして目の前に立っている人の声だろうか。何を言ったのかまではわからなかったが、身体がその声に反応している。

八雲は目の前に差し出された手に顔を近づけて、その指を口に含む。

――そこで目が覚めた。


「……またかよ」

この夢を見るのは、これでもう三度目だった。

いつも途中で目が覚める。

起きた後は、はっきりとあれが夢だとわかるのに、見ている最中はそれが夢だと気づかない。

そろそろ夢の中の自分も気づけばいいのに、毎回目が覚めてから気づくのだから、どうしようもなかった。

――やっぱ、あの夢って……そういうことだよな？

目が覚めると夢の内容をすっかり忘れてしまっていることの多い八雲だったが、三回も見た夢の内容はさすがに覚えていた。

あの場所がどこで、目の前にいた人物が誰なのかは全く見当もつかなかったが、一つだけ確実にいえることがある。

夢で見ているあの光景は――プレイだ。

夢の中の八雲は誰かの前に跪いていて、その命令に従っている。そのプレイに対して、恍惚感を覚えているのは間違いなかった。

「……プレイの経験なんか、ないのにな」

八雲は自分がＳｕｂだとわかった中学生の頃から、ずっとグレア過敏症に悩まされ続けていた。

八雲は〔早熟〕に分類される人間だ。

通常、ＤｏｍやＳｕｂといった二次性というのは、一斉検査の行われる十五歳のときに決まるものだったが、八雲の場合はそれよりも前、十三歳のときにＳｕｂであることが医師の診断によって確定した。

そういった者のことを医療用語で〔早熟〕と呼ぶ。

八雲の二次性がＳｕｂだと発覚した原因もまた、グレア過敏症だった。

偶然出くわしたＤｏｍのグレアで体調を崩したのだ。

あれは、中一の夏だった。

夏休みに友人たちと行った花火大会。屋台で買い食いをしているときに皆とはぐれ、一人でうろついているときに、外でプレイしていたＤｏｍとＳｕｂに遭遇してしまった。

あれは完全に貰い事故だった。

八雲がこんな体質でなければ、それもさらっと流せたのだろうが、正面から受けてしまったグレアに震えと吐き気が止まらず、救急車で運ばれるという事態に陥ってしまったのだ。

今でもそのトラウマのせいで、夏の花火大会が近くなると体調を崩してしまう。

花火の音を聞くのは、特に苦手だった。

「やったこともないプレイの夢を見るなんて……やっぱ、不安症ひどくなってんのかな」

最近は調子のいい日が続いていたのに、それもただの気のせいだったのだろうか。

まだ、強い薬を必要とするほど悪くなっている感じはしなかったが、念のため病院で出してもらった薬がきちんと手元にあるかを確認しておくことにする。

ベッド近くの床に転がっていた鞄を手元に引き寄せて、その底にべっとりとついた真っ黒な汚れに気がついた。

「……あー、これ。あのときのか」

それはあの日の夜、酔っぱらいＤｏｍに追いかけ回されたときについた汚れだった。

無理やりグレアを浴びせられ、ひどい目に遭ったあの日からもう一週間が過ぎようとしている。

「時間が経つのって早いな……」

大量の締め切りに追われていると、一週間が過ぎるのが本当に早い。

八雲の場合はほぼ在宅で仕事をしているので、余計に曜日の感覚が薄かった。そのせいでゴミを捨て忘れてしまうことだって、しょっちゅうある。

八雲の職業はプログラマーだ。

一応、きちんとした企業に正社員として所属しているが、普段は在宅で仕事を行うことがほとんどだった。八雲の働き方を見て、今の上司がそうするように勧めてくれたのだ。

八雲としてはかなり助かっている。

通勤時間が必要なくなった分、時間にも余裕が生まれるし、何より無駄がない。

だが、休みが増えた感覚はなかった。

むしろそうして生み出された時間も、ひたすら働き続けている。

八雲はワーカホリックというやつだった。

周りからよくそう言われるし、自分でもその自覚はある。在宅勤務はオンとオフの区別がはっきりしない分、常に仕事のことを考えてしまっていた。

たぶん、それも精神上よくないのだ。理解してはいるが、これはもはや性分なのだと思う。

今回も一週間、睡眠時間も最低限に働き続け、気絶するように眠った後だった。

「……取れないか」

鞄についた汚れは随分としつこかった。

まるであの日、付き纏ってきた酔っぱらいＤｏｍのようだ。

何度か強くはたいてみたものの、その汚れはすっかりそこにこびりついてしまっているようで、全然落ちそうにない。

汚れのことは諦めて、鞄を開ける。その中に処方された薬がきちんと入っていることを確認して、八雲はもう一度、ごろりとベッドに横になった。

「そういえば……あの子、どうしたかな」

あの夜のことを思い出すと、一緒に思い出すのはあの少年のことだ。

八雲がピンチのときに、自分の危険も顧みずに駆けつけてくれた心優しき少年。

あんな目に遭ったのに、この一週間、あの日の出来事を思い出しても八雲が取り乱さずにいられたのは、間違いなく少年のおかげだった。

「親に挨拶《あいさつ》もせずに……悪かったかな」

迎えが到着したと言って立ち上がった少年が、親の車に向かうところまでは、しっかり確認した。

だが、八雲はそれを見届けた後すぐに、人混みに紛れるように逃げ帰ってきてしまったのだ。

少年に迷惑をかけたのだから、本来なら親に一言挨拶するべきだったのだろうが、あのときの八雲にそんな余裕はなかった。

完全に気が動転していたからだ。

――あの日のおれ……絶対、変だったよな。

八雲はあのとき、少年の顔を見るたびに不思議な高揚《こうよう》感を覚えていた。

鼓動がやけに速くなり、呼吸も乱れるような症状。それはグレア過敏症を発症したときの感覚にも似ていたが、それと違って気持ち悪さは一切なかった。

むしろ、気持ちいいとすら感じていた。

そんな得体の知れない感覚が恐ろしくなって、少年の前から逃げ出したのだ。

「あれ、なんだったんだろ……」

冷静になって考えてみてもわからない。

あんな感覚を味わったのは、生まれて初めてだった。

そのときの高揚感を思い出すと、今でもいても立ってもいられない気持ちになる。

そわそわと落ち着きがなくなって、仕事中にも何度か椅子から立ち上がっては、意味もなくグルグルと部屋の中を歩き回ったことだってあった。

そんな状態がもう一週間も続いたままだ。

「……もっかい、病院で先生に相談したほうがいいのかな」

主治医である寺嶌には『いつもと違う症状があれば、いつでも相談しろ』と言われていた。

悪い感じには思えなかったが、自分が気づいていないだけということもある。不安症に関する自分の鈍さにはもう気がついていたし、寺嶌からも耳にタコができるほど注意を受けていた。

「――今日、やってたよな」

時間はもうすぐ十時過ぎ。

今から準備して出ればギリギリ午前診の受付時間に間に合うだろう。

八雲はベッドから身体を起こすと、シャワーを浴びるため、浴室へと向かった。


平日の午前中にしては珍しく、病院は混んでいた。

八雲は先に財布から診察券を取り出すと、蛇行するように伸びた受付列の最後尾に並ぶ。

あくびを嚙み殺しながら、ふと視線を待合ロビーのほうへ向け、ぴたりと固まった。

「え、あの子……」

思わず声が出ていた。

見覚えのある少年が、待合ロビーの椅子に一人で座っていたからだ。

将来有望な端整な顔立ちの少年。

それは一週間前のあの夜、繁華街の路地で八雲を助けてくれたあの子に間違いない。

「……ぅ、あ」

少年の顔を見た瞬間、またあの不思議な高揚感が八雲を襲った。

身体の奥からぶるりと沸き起こった震えに、八雲は両腕で自分の身体を抱きしめる。

急に変な声を出した八雲のことが気になったのか、すぐ前に並んでいた小柄な女性が、こちらを訝《いぶか》しげな表情で見上げてきた。

その視線から逃れるように、八雲は一度、列から離れる。

待合ロビーから見えない場所まで移動し、壁に背中を預け、震える息を吐き出した。

また、ひくりと身体が揺れる。

——なんだ、これ。

悪寒というのとも何かが違う。気分が悪くなったわけでもない。

その感覚はあの日、少年に見つめられたときに感じたものとよく似ていた。

——あの子が、引き金になってる？

今は見えない場所にいるのに、そわそわとした気持ちが落ち着かない。

少年を見た瞬間ぶり返したこの症状は、どう考えても彼が原因としか思えなかった。

——頭が、ふわふわする。

息を深く吸えないせいか、思考に少しずつ靄《もや》がかかっていく。

八雲はよくわからないまま、ふらりと待合ロビーのほうへ足を動かしていた。

ふらつく身体を支えるように壁に手をつきながら廊下を進み、ロビー手前の角で足を止める。そこに置かれた背の高い観葉植物に身体を隠すようにして、椅子に座る少年をこっそり覗き見た。

——やっぱり、あの子だ。

少年は一人のようだった。

周りに親や付き添いらしき人は見当たらない。手持ち無沙汰なのか、少年はニュースや天気予報が次々流れる壁面モニターを、ぼんやりした表情で眺めていた。

その横顔から目が離せない。

彼の顔を見ていると、ふわふわとした不思議な感覚がさらに増してくる。

その感覚が少しずつ癖になりつつあった。

全身を柔らかな羽根で撫でられているかのような、不思議な心地よさに思考がさらに溶ける。

──気持ちいい。もっと、こうしてたい。

その願望に少しも抗《あらが》えそうになかった。

おかしなことをしているのだとわかるのに、自分の行動を律することができない。

身体の奥から何度も込み上げてくる、息が震えてしまうほどの気持ちよさに、足元から崩れ落ちてしまいそうだった。早くここから立ち去ったほうがいいという気持ちと、もっと彼の近くに行きたいという気持ちが、八雲の中でせめぎ合う。

「──おい、君」

すぐ近くから、誰かに声を掛けられた。

こちらを責めるような鋭く低い声に驚いて、八雲はびくりと肩を揺らす。

ぎこちない動作で声のほうを振り返ると、胡乱《うろん》な目つきでこちらを見つめる男性と目が合った。

「──ッ！」

身体に強い衝撃が走る。鼓動と呼吸が一気に速くなった。

突如襲った吐き気と震えは、紛れもなくグレア過敏症の症状だ。

「……ぐ、ぅ」

──気持ち悪い。

高揚していた気持ちが一瞬で急降下する。

さぁっと全身から血の気が引いて、すぐに立っていられなくなった。

壁に手をついたまま、ずるずるとその場に崩れ落ちる。

「父さん！」

遠くから聞こえたのは、あの少年の声だった。

八雲の異変に気づいた人たちの声で病院内はひどくざわついている。それなのに、少年の声だけは八雲の耳にはっきり届いた。

「それ、引っ込めて！　グレアはだめだ！」

駆け寄る足音に少年の必死な叫び声が重なる。

すぐに男性から放たれていたグレアが止んだ。だが、八雲の身体の震えはすぐには収まらない。

繰り返し込み上げる吐き気も止まりそうになかった。

「もしかして、グレア過敏症か？」

男性からの問い掛けに八雲は床に座って俯いたまま、こくりと頷く。

「すまない。変質者かと思って」

「……いえ。なんか、おれもおかしくて」

自分がおかしなことをしている自覚はあった。男性から警戒されて当然だ。

男性が八雲にグレアを当てたのだって、わざとではなかったのだろう。

ただ、睨みつけただけだったのかもしれない。

最近、自分の調子がおかしいことには気づいていたが、ここまでグレアに過敏になっているとは思っていなかった。

「こちらこそ、すみません……」

「いや――」

「大丈夫ですか?!」

少年が二人の会話に割り込んできた。

床に座り込んだままの八雲のすぐ傍に膝をついて、優しく肩に触れてくる。

その手のあたたかさは前と同じように、触れるだけで八雲の不安を取り除いていった。

「平気だよ。ごめんな……君には情けないところを見せてばっかりだ」

「いいえ。気にしないでください」

少年の態度は、あの日と全く変わらなかった。

ぽんぽんと肩に優しく触れながら、八雲のことを気遣ってくれる。

そのおかげか、気持ち悪さも少しずつ治まってきた。

前のときより症状が軽く済んだのは、グレアに晒されていた時間が短かったからだろう。

身体の調子をみながら、慎重に息を吐き出す。吐き気がなくなったことを確認してから、八雲はゆっくりと顔を上げた。

少年と目が合う。まっすぐ視線がぶつかった瞬間、またあの不思議な感覚がぶり返した。

身体の内側からあふれてくる気持ちよさに、身体が不自然に揺れる。

そんな八雲の異変に、真っ先に気づいたのは少年の隣でこちらの様子を窺っていた男性だった。

「……君は、もしかして」

「あ……ぁ」

「え、どうしたんですか？　お兄さん？」

少年が驚いた様子で八雲に触れてくる。

触れた場所から、今度は直接的な気持ちよさが広がった。ひくひくと勝手に揺れる身体を、どうやっても止められない。

「星那。彼にコマンドを使え」

「え……？」

「おそらくだが、彼にはお前のグレアの影響が残っているんだ」

男性と少年のやり取りはもう、八雲には聞こえていなかった。

少年に従いたい――それしか考えられない。

「とりあえず、ここでは可哀想だ。場所を変えよう。ついてくるように言いなさい」

「でも……」

「星那、お前が迷うな。Ｄｏｍだろう？」

その言葉に、少年の表情が変わった。

床に座ったままの八雲を真剣な瞳で見下ろす。

「本当に、俺のグレアに……？」

小さく呟いた声を八雲は理解できなかった。

――早く彼に命令されたい。

今の八雲に考えられるのはそれだけだ。自分が今どこにいて、どういう状況なのかもわからない。

じっと少年の顔を見上げ、彼の命令を待った。

「……《ついてきてください《Come》》」

少年が小さな声で呟いた。

先ほどとは違い、その言葉の意味がはっきりとわかる。初めて自分に向けられたコマンドに、心にじわりとあたたかいものが広がるのがわかった。

八雲はのろりと立ち上がると、少年のすぐ隣に立つ。

真横に立つと少年は八雲よりも頭一つ分以上、背が低いようだった。

少年が八雲の手を取る。

その手に導かれるまま、八雲は病院の廊下を進んだ。


少年と男性、八雲の三人で個室に入る。

扉を閉める直前、ここまで八雲たちを誘導してくれた看護師と男性が何か話しているようだったが、八雲にその内容を理解することはできなかった。

部屋の中央まで少年に手を引かれる。

立ち止まってこちらを見上げる少年に、八雲はずっと視線を奪われていた。

「……次は、どうしたら」

「ちゃんと命令を守れたら、やることは一つだろう？　あと、彼の名前は八雲だそうだ」

戸惑う少年にそう声を掛けたのは、入り口に立つ男性だった。

静かに扉を閉め、それにもたれかかるようにして立っている。

男性が自分の名前を呼んだことに八雲は一瞬反応したが、その視線はすぐに少年のほうへと戻った。

「まずは跪かせてやれ。Ｓｕｂの基本姿勢だ」

「……はい」

緊張した声で少年が答える。

その視線には不安が混じっていたが、八雲にあるのは少年に対する期待だけだった。

「……八雲さん、《跪いてください《Kneel》》」

「ん、……ッ」

コマンドを与えられるというのは、なんとも表現しがたい感覚だった。

身体が操られるのとも違う。優しく拘束されていくような、不思議な感覚だ。

足から自然と力が抜ける。正座を崩したような姿勢で、八雲は少年の足元にぺたりと座り込んだ。

「八雲さん、《よくできましたね《Good boy》》」

「あ……ぁ」

ふわりと浮き上がるような多幸感に、八雲は口元を綻ばせた。

遠慮がちに伸ばされた少年の手のひらに、自分からも頭を擦り寄せる。

「ちゃんと撫でてやれ」

「はい」

もどかしいほど優しく、少年の手が八雲の頭を撫でる。

細い指が丁寧に八雲の髪を梳いた。少年の高い体温が頭皮から伝わってくる。

――なんだろ、これ……すごい気持ちいい。

ふるりと腰を震わせながら、八雲はその気持ちよさに酔いしれていた。

とろとろと自分が溶け出していってしまうかのような心地よさだ。

しばらく撫でられているうちに、今度はその高揚感も落ち着いてくる。それと同時に、最近ずっと感じていた、そわそわとしたおかしな気持ちが少しずつ消えていった。

「……あれ……、おれ」

「意識がはっきりしたか？」

「ッ、……えっと」

後ろから聞こえた低い声に驚いた。

床に座りっぱなしだった八雲は、慌てて声のほうを振り返る。

視線の先にいたのは、病院のロビー前で八雲に声を掛けてきた男性だった。

冷静で鋭い視線が、八雲をまっすぐ射貫《いぬ》いている。

「ええ、と……」

「あれは、俺の父さんです」

戸惑う八雲にそう説明してくれたのは、八雲のすぐ隣に立っていた少年だった。

その手はまだ、八雲の頭を撫でたままだ。

——この子の、お父さん?!

ようやく思考がはっきりしてきた。

だが、どうして自分がこんなことになっているのか状況が摑めない。困惑と驚愕に目を見開きながら、八雲は少年と少年の父親の顔を交互に見つめた。

確かに二人はよく似ている。

切れ長の瞳にメリハリのある端整な顔立ち。二人とも美形と呼ばれる類の顔だ。父親の顔を見れば、少年の将来の姿も容易に想像がつく。

——でもなんでそんな二人と、この部屋に？

「まだぼんやりしているのか？」

「……あ、すみません」

「いや、気にしなくていい。もうしばらく星那に委《ゆだ》ねていろ」

「えーっと、……せな？」

「あ、俺が星那です。えっと……八雲さん、でいいんですよね？」

「ああ、うん……そうだけど」

——名前、教えたっけ？

八雲は首を捻る。それにどうして自分は星那と名乗った少年の足元に座っていて、今も頭を撫でられ続けているのだろう。

こうなった事情を全く思い出せそうになかった。

「状況が知りたいか？」

「……はい。あの……すみません」

「君は星那のグレアに影響されていたんだ。応急処置もかねて簡単なコマンドで発散させてもらったが、気分はどうだ？　さっきグレア過敏症だと話していたが、吐き気や震えは？」

「え、あの、おれが……グレアに？」

自分がグレアに支配されていただなんて、にわかには信じられなかった。グレア特有の気持ち悪さだって感じていない。

戸惑いながら、隣で八雲の頭を撫で続けている星那の顔を見上げる。

星那も何か、戸惑っているようだった。

困ったように眉尻を下げて、八雲を見下ろしている。

「……勘違い、とかでは」

「勘違いなわけがないだろう。今、君のその状況がすべてを物語っていると思うが？」

——確かに……この手は落ち着くけど。

それに、星那と離れたくないという気持ちも強い。不思議な感覚だった。

「星那、お前のほうはどうなんだ？　どんな感じがした？」

「……どんな、感じって」

「さっきのプレイで、自分がＤｏｍだという自覚はできたのだろう？　どうだった」

星那の父親の話し方はどこか威圧的だ。

決して怒っているのではないのだろうが、語気が強すぎるせいで、聞いているこちらまで緊張させられてしまう。

星那も緊張している様子だった。

八雲を撫でている手が止まる。その手に、ぎゅっと力が入ったのがわかった。

「……支配、してると思った」

「お前がそう感じていたのなら間違いないだろう。診察のときはうまくグレアを出せなかったのに、彼が相手なら使えるんだな」

その質問に、今度は星那が首を傾げた。

すとんとその場にしゃがむと、八雲と間近で視線を合わせてくる。

「……俺から、何か感じますか？」

「え？」

「グレアを出してるつもりはなかったんですけど……八雲さんには、影響してしまったみたいで」

そう告げる星那は、どこか申し訳なさそうだ。

ぎゅっと眉間に力を入れ、八雲の表情の変化を見逃さないように、じっと見つめてくる。

その瞳からグレアの気配は感じなかった。グレア特有の気持ち悪さも震えも、今は何も起こりそうにない。

「今、グレア出してる感じ？」

「……わかりません。さっきと変わらないと思いますけど」

「そっか……おれもよくわかんないんだよね」

八雲にとって、グレアとは気持ちの悪いものだ。それを感じないということは、たぶん星那からは何も出ていないのだと思う。

しかし、はっきりとした確証があるわけでもない。

そもそも急にこんな話をされ、八雲は少しもついていけていなかった。自分がグレアに影響された感覚も、コマンドを使われた記憶もないのだから、なんとも答えようがない。

星那と同じように、八雲もくてんと首を傾げる。

そんな二人を見て、星那の父親が大きく溜め息をついたのが聞こえた。


——この状況、どうしたらいいんだよ。

星那がトイレに行くと言って席を外したせいで、八雲は星那の父親と個室で二人きりになってしまった。部屋の一番奥にある小さな窓から外を眺めつつ、平然としているように装ってはいるが、正直なところ、気が気ではない。

星那の父親の威圧感は、言葉を発さなくても変わらないようだった。

相手はパイプ椅子に腰掛けているだけなのに、背中から感じる気配に心臓がバクバクとうるさい。

「城戸《きど》八雲くん、だったか」

「ッはい！」

突然名前を呼ばれ、声が裏返った。

びんっと直立した後、ぎくしゃくとした動きで振り返る。

どうやっても星那の父親とまっすぐ視線を合わせることはできない。爪が食い込むほど強く握りしめた手のひらに、じわりと汗が滲んだのがわかった。

「そう緊張するな……というのも難しいか。君は随分とひどいグレア過敏症のようだしな。Ｄｏｍにあまりいい感情はないのだろう？」

「あ、いえ……別にトラウマがあって、こうなってるわけじゃないですし」

「だとしても、自分が不快だと感じるものを発する相手を警戒するのは当然だ。いろいろとすまないな。ああ、それと……緊急事態ということで、君の名前を病院側に確認させてもらったのも、あわせて謝罪しておこう」

「あ、いや、それは全然……」

両手を前に突き出し、ぶんぶんとオーバーアクション気味に首を振る。

——あれ？　怖い人では、ないのかな？

話し方のせいで威圧されているような気になってしまうが、どうやらそこまで怖い人ではなさそうだ。でも、そうだとわかっていても緊張せずにはいられない。

普段から在宅勤務で引きこもりがちな八雲にしてみれば、人と話をするという行為はそれだけで緊張するものだ。こればっかりは、どうしようもなかった。

恵斗のように親しい間柄の人間ならば違ったが、ほぼ初対面——しかも、いきなり大失態を犯してしまった相手となると、縮こまってしまうのは当然だ。

——変質者に間違えられたんだもんな。

あのときは頭がぼんやりしていて自分でもあまりよくわかっていなかったが、思い返せば八雲の行動は間違いなく変質者のそれだった。

星那のような子供を物陰からこそこそと覗いて、気持ちよさに身体を震わせていたなんて——あんな顔で睨まれても文句は言えない。

「……ほんと、すみません」

「先ほどのことなら気にしなくていい。あれはＳｕｂの本能のせいだ。君の意思だけでどうこうできるものではない」

「そう、なんですね？」

曖昧に頷く八雲に、星那の父親が困ったような笑顔を浮かべる。

その表情は、さっき見た星那の顔によく似ていた。

――やっぱ、親子だなー。

遺伝子というもののすごさを、改めて見せつけられた気分だ。美形の親は美形である。

「星那とは……息子とは、一週間前に会ったことがあるそうだな」

「あ……はい。星那くんには、危ないところを助けてもらいました。そうだ……すみません、あのときは挨拶もせずに」

「いや――まあ……確かにあの日、顔を合わせていればこうはならなかったのかもしれないが……過ぎたことはもういい。星那の話していたことが本当だともわかったし」

星那の父親が発したその言葉に、八雲はぱちくりと目を瞬かせた。

――それってもしかして、星那くんの言ってることをあんまり信じてなかったってこと？

もしかして星那はあの後、親に怒られたりしたのだろうか。八雲が挨拶を怠《おこた》ったせいで。

もし、そうなのだとしたら星那に申し訳が立たない。

彼は八雲のことを、あの面倒な酔っぱらいＤｏｍから助けてくれたのだ。それが本当に正解の行動であったかは別として、彼が善意から行動してくれたのは間違いない。

星那のやったことは責められるどころか、きちんと褒められるべきことだ。

「あの……星那くんには本当に助けてもらったんです……彼がいなかったら、もっとひどい状況になっていたのは間違いなかったので、その」

「わかっている。頭ごなしに叱ったりはしていないから安心しろ」

八雲の杞憂《きゆう》だったらしい。

星那の父親は、やはり怖いだけの人ではないようだ。

すっと細められた目からは、きちんと父親らしい優しさも感じる。

「君こそ、体調のほうはどうなんだ？」

「……えーっと、たぶんなんともないと思います」

「なんともない？　その顔でなんともないと言われても説得力がないんだが？　そのクマは不安症の症状の一つだろう？」

「あー……はい」

目の下にくっきりとあるクマは、すでに八雲にとっては自分の一部のようなものだ。自分ではもうほとんど気にならなかったが、やはり他人の目には異常として映るらしい。

指摘しながら、じっとこちらを見つめてくる星那の父親の視線から逃れるように、八雲は顔を斜めに俯かせた。

「すみません……なんかお見苦しくて」

「別に君が謝ることではないだろう。でも……そうか。あれだけ強い過敏症があると、プレイもまともにできないのだな」

「そうですね……あ、でもおれの場合は薬が効きやすいので、見た目ほど不安症の症状がひどく出てるわけじゃないんですけど」

「不安症はどういう状況で悪化するかわかっていない。過剰に怖がるのもよくはないが、楽観視するのもあまりお勧めはしない」

「はい……それは主治医にも言われてます」

――やっぱり、この人はいいＤｏｍだ。

今まで出会ったＤｏｍにあまりいい印象はなかったが、星那の父親には素直にそう思えた。何より、きちんとＳｕｂを理解しようとしてくれているのが好印象だ。

グレア過敏症を知っていたことだってそうだ。

まだ病気として認められていないその名称がすぐに出てくるなんて驚いた。自分からＳｕｂについて学ぼうと思わない限り、Ｄｏｍがそれを知る機会はほとんどないはずだからだ。

「だが、それでは苦労が絶えないだろうな」

「まあ……慣れてるっていうと、また怒られるかもしれないんですけど……これとは中学生の頃からの付き合いなので、そういう苦労みたいな感覚も割と薄いっていうか」

「中学生の頃から？　――そうか。君も〔早熟〕だったんだな」

「俺、も……？　あ、そうか。星那くんも」

「ああ。先ほどの診察でＤｏｍであることが確定した。まだ小学六年だというのにな。まあ、私も妻もＤｏｍだからそうかもしれないとは思っていたがね。まさかここまで早いとは正直思っていなかったよ」

――奥さんもＤｏｍなんだ。

婚姻関係とパートナー関係を別で持つ人間は少なくない。星那の両親もそのパターンなのだろう。

Ｄｏｍ同士の夫婦ということは、お互い別にＳｕｂのパートナーがいるんだろうか。

そういう夫婦の一般的な例が、八雲にはどうもうまく想像できない。

八雲と同じＳｕｂである恵斗が前に『恋人とパートナーは同じほうがいい』と話していたのでなんとなく意識したことはあったが、八雲はそれ以前の問題なので、自分の恋人の二次性について深く考えたことはなかった。

「どうやら、君に絡んだ相手が放った威嚇グレアに星那のＤｏｍ性が反応したらしい。子供に威嚇グレアが効かないことなんて、わかっていただろうに……その男は何を考えていたんだか」

「かなり酔っぱらってましたからね……じゃあ、その威嚇グレアに反発して、星那くんもグレアが出たってことですか？」

「おそらくはな。だが、星那の言い分では、君を助けようとして夢中だった——ということらしいが」

——……っ。

星那の父親の言葉に、八雲の鼓動はどくりと跳ねた。

一気に顔が熱くなる。

——え、え……なんだ、これ。

八雲は動揺しつつも、赤くなった顔を誤魔化《ごまか》すように下を向いた。どんどん熱くなっていく顔を、長い前髪で隠す。

ピリリリ、と高い電子音が部屋に響いた。

「すまない。私も席を外す」

鳴っていたのは、星那の父親のスマホだった。

画面を確認した後、そう言うと八雲を置いて部屋を出ていく。

一人、部屋に残された八雲は大きく溜め息をつきながら、その場にしゃがみ込んだ。

「何に動揺してんだよ、おれは……」

顔の熱さを冷ますようにパタパタと手を動かす。

二人が戻ってくる前に、早くこの顔をどうにかしなければいけない気がした。


「よかったぁ、まだいてくれた」

勢いよく扉が開いたかと思えば、飛び込んできた星那がほっとした表情でそう呟いた。

八雲を見て、ぱぁっと花が開いたように満面の笑みを見せた星那に、せっかく収まったはずの熱がぶり返しそうになる。

誤魔化すように首をふるふると横に振っていると、星那が今度は不思議そうな表情を浮かべて八雲のことを見上げていた。

「どうかしましたか？」

「い、いや……なんでもないよ。あ、えっと今、お父さんは電話中で」

「はい。さっき廊下ですれ違いました。教えてくれて、ありがとうございます」

八雲の拙《つたな》い説明にも、星那はきちんと礼を言って頭を丁寧に下げる。こんな頼りない八雲のような大人相手にもハキハキと話す星那を見て、八雲は思わず感心していた。

容姿も話し方も、星那は実際の年齢よりもずっと大人びて見える。

これでまだ小学六年生だなんて。

「あー……この間はごめんな。その……黙って勝手に帰ったりして」

しっかりした星那とは対照的に、八雲はしどろもどろになってしまう。

どうやら情けないことに、星那が相手でも少し人見知りが発動してしまっているようだ。

「いえ！　そんなの気にしないでください！　まあ、ちょっとは寂しかったですけど……でも八雲さんにも事情があったんだろうなって思っていたので。だから大丈夫です」

――いや、本当にいい子すぎ。なんか輝いて見えるんだけど。

星那の笑顔はきらきらきらと輝いていて、八雲の目には眩しすぎた。気のせいだとわかっていても、思わず目を細めてしまう。

「そうだ、改めて自己紹介させてください。俺の名前は景塚《けいづか》星那です。小学六年です」

きらきらを振りまきながら、星那が名乗った。

そこでようやく、八雲も星那に対してきちんと名乗っていなかったことを思い出す。

慌てて、星那に向かって頭を下げた。

「……城戸八雲です。えっと、一応プログラマーやってます」

「プログラマーなんですね。すごい！　かっこいいお仕事ですね！」

――誰が見たって、かっこいいのは星那くんのほうだと思うけど。

でも、そんな風に褒められて嫌な気はしない。

実際のところはオンオフ関係なく働きづめのワーカホリックでしかないが、八雲はプログラマーという仕事が好きだった。ほとんど自己満足でしかないが、美しいコードが書けたときの達成感は何ものにも代えがたいものがある。その瞬間が何よりも好きだった。

星那の言葉に八雲が頬を緩めれば、八雲を見上げていた星那も一緒にふわりと微笑む。

「八雲さんの笑顔、とっても綺麗ですね」

「っ……星那くんって、そういうとこ」

「あ、俺のことは星那でいいですよ。よかったら、そう呼んでください」

また一段と輝いた笑顔を向けられる。

これにはもう耐えられそうになかった。

今日一番熱くなった顔を両手で覆って、その場にうずくまる。心配そうな星那の声が上から聞こえたが、今は星那の顔を見られる気がしなかった。


戻ってきた父親に連れられて、星那は帰っていった。

なんでも急用が入ったらしい。

星那は最後まで名残惜しそうにしていたが、八雲のほうはこれ以上は心臓が持ちそうになかったので、早めにお開きになってくれたことに、ほっと胸を撫で下ろしていた。

『何かあれば、遠慮なく連絡してきなさい』

別れ際にそう言って星那の父親に名刺を渡されたが、連絡なんてそうそうできそうにない。

一応受け取った名刺は鞄の中にしまったが、それを活用する日は一生来ないような気がした。

そもそも、電話は苦手だ。

「……それで？　その症状は今は治まったんだな？」

「治まった、と思うけど……実はおれもよくわかんないっていうか」

個室を出ると、そのまま診察室へと連れていかれた。

八雲が気にしていた症状はすっかりなくなっていたが、治ったのかと聞かれれば、どう答えていいものか回答に悩む。

「なんか……グレアに影響されてた、とか相手の人には言われたけど」

「それはワシも間違いないと思う……が、一週間前ってのが引っかかるんだ」

グレアがＳｕｂの精神に影響を与えるというケースは、間違いなく存在するらしい。

だが、その影響されていた日数に、主治医である寺嶌は何か違和感を覚えている様子だった。

「なんか、変？」

「いやな。グレアの効果っつうのは、そこまで長く継続するものじゃねえんだよ。ずっと近くにいりゃ違うだろうが、離れて一週間もとなると、かなり例外的なケースになるだろうな」

でも確かに八雲は一週間の間、ずっとあの不思議な高揚感を覚えていた。

その間、感覚が途絶えることはなかったと思う。

「で、それが今日、少年と再会したらぶり返したってことで間違いねえのか？」

「うん。たぶん……そうなんだと思う」

星那を見た瞬間、高揚感が増したのは覚えている。

そのせいで、おかしな行動を取ってしまったことも記憶に残っていた。

ただ、廊下で星那の目を見た後の記憶は全くない。

次に気がついたときにはあの個室で星那の横に座り、小さな手に頭を撫でられていた。

「お前がいつも感じてるっちゅう、グレア特有の気持ち悪さはなかったのか？」

「全然……でも、別のグレアは気持ち悪かったから、過敏症が治ったわけではないと思うけど」

「過敏症が治ったとはワシも考えておらんわ……だが、そうだなぁ」

寺嶌はくるりと丸椅子を反転させると、八雲に背を向けてパソコンを操作し始めた。

画面に映し出されているのは、どうやら論文のようだ。日本語ではない文字で書かれたそれを、寺嶌はすごい速さで流し見している。

しばらくそれを見続けた後、「うーん」と唸って再び八雲のほうに向き直った。

「そもそもグレア過敏症っつうのがどんなものかすら、まだはっきりしとらんからな。似たような症例も見つからん」

「……そっか」

「まあ、ワシのほうでもまた調べておく。お前も何か異変があったらすぐに連絡しろ。わかったな？」

結局のところ、寺嶌にも答えはわからないようだった。何かあれば連絡——と念押しするように言われたが、実際に何があれば『何か』なのだろうか。

その辺がいつも曖昧すぎて、よくわからない。

「あー……うん？」

「返事ぐらい、しゃきっとしろ」

首を傾げながら曖昧に頷けば、寺嶌のぶ厚い手にぺちりと額を叩かれた。

自宅に帰ってきて、部屋の電気をつける。

八雲が一番に向かったのは、仕事用のパソコンデスクの前だった。

立ったままマウスを動かしてパソコンのスリープを解除しつつ、手に持っていたコンビニの袋を椅子の上に置く。中から買ってきたばかりのゼリー飲料を取り出しながら、ログイン画面にパスワードを入力した。

「……今日はなんかいろいろあったなぁ」

一人暮らしなので、そんなことを呟いても誰かが返事してくれるわけではなかったが、こうして独り言を言うのが八雲の癖だ。

本人は無自覚だったが、パソコンに向かって仕事をしているときでも、結構な頻度で独り言を言ってしまっているらしい。

集中すると、勝手に漏れてしまうようだった。

「メール……やっぱ、来てたか」

パソコンのメールはスマホでも受信できるようにしてあったが、今日はたくさんのことがありすぎて確認するのをすっかり忘れていた。

届いていたメールは全部で四件。

すべて職場の同僚である美東《びとう》からだった。

美東と八雲は同期入社組だが、こちらは高卒で美東は大卒だったので、年は四つ離れている。しかも向こうは昇進して今は主任という立場なので、正確には八雲の上司だった。

八雲が在宅で働けるように取り計らってくれた上司というのは、この美東だ。

美東には他に多くの部下がいるはずなのに、八雲への仕事の連絡はいつも美東がしてくれている。

「――こっちは納品完了の連絡で……あー、また急ぎの案件かよ……」

一つは今日の明け方に納品した仕事の受取り完了メールだった。

残りの三件は新しい仕事の依頼メールだ。

三件とも納期に余裕はない。だからこそ、八雲に回ってきたのだろう。

「まあ……いけなくはないか」

ざっとメールの中身を確認した後、手元のカレンダーをチェックする。

今朝、納品した分で手持ちの仕事はすべて片付いていたので、スケジュールには余裕があった。

納期はどれもかなりタイトなものばかりだったが、やってやれないことはなさそうだ。

「三件ともりょーかい、っと」

ビジネスメールとしてはあり得ない文面だが、美東相手なら許される。送信ボタンを押すと、すぐ八雲のスマホが震え始めた。

画面に表示されているのは、美東の名前だ。

『いけんのか？』

通話ボタンを押すと名乗りもせずに、いきなりそう言われた。これもいつものことだ。

「三つ目が、納品日の朝になっても大丈夫なら」

『マジ？　部内の全員に断られたのに』

八雲に回ってくる仕事はほとんどがそういう案件だった。部内を一度巡って断られたような仕事なので、いつも納期がタイトなものばかりになる。

それでも八雲は、絶対に難しい内容とは思わなかった。多少無理をすればいけると判断したが、その答えは美東にとって想定外だったらしい。

「……みんな忙しいのか？」

『今、かなりでかいプロジェクトが動いてるからな。こういう単発のやつは挟みにくいんだよ』

「あー……まあ、今おれのほうは手隙だし」

『今朝までミチミチだったくせに……お前、無理してんじゃないだろうな？』

「してないって。っつうか、そういう仕事ばっかりおれに振ってくるのはお前だろ。お前にだけは言われたくない」

美東は年上で上司だが、気のしれた相手なのでどうしても口調が砕けてしまう。

何度か気をつけようとしたことはあるが、話しているとどうも気が抜けてしまってだめだった。

「一つ目は明日の夜にでも送れると思うから、早めにメール確認しといて」

『おう。もしキツそうなら、早めに連絡な』

「わかってるって」

『他に外注することだってできるし』

「はいはい。気にしてくれて、ありがとな」

いつも言われていることだった。

八雲がもし断ったとしても他に仕事を振る先はある。だから無理して受けることはないと――これは美東の気遣いだ。

美東の要求には無理や無茶も多いが、こうしてきちんと部下を管理できる人間だった。だからこそ八雲も安心して仕事をすることができる。

「そっちも忙しいんだろ。無理すんなよ」

『ありがとな。お疲れ』

電話を切る。残っていたゼリー飲料を飲み干して、もう一度メールに目を通した。

添付されていた資料を全部開いて漏れがないかを確認したら、再度それにかかる納期を計算する。

「いけるな」

睡眠時間は多少犠牲になるが、いつものことだから問題はない。

空になったパックをゴミ箱に捨て、デスク前の椅子に腰を下ろす。うん、と大きく背伸びした後、八雲はパソコンに向かった。

†

——十日後。

無事すべての仕事の納品を終え、八雲はひと月ぶりにオフィスに顔を出していた。

あの後もさらにいくつか無茶な仕事を振られたが、それもある程度は予想していたので、今回も無事に乗り切れた。いや、実際には少々身体に支障は出始めていたが、なんとかギリギリのところで耐えられたようだった。

「それ、また濃くなったか？」

休憩室で奢ってもらった缶コーヒーを飲んでいたら、隣に座っていた美東からいきなり鋭い指摘を受けた。

それ、と言って美東が指さしたのは八雲の目の下、くっきりと浮かび上がっているクマのことだ。

八雲も今朝、久しぶりに洗面台の鏡を見て同じことを考えたところだった。

この目の下のクマは、学生時代から一度も消えたことがない。

だが、見慣れているはずの八雲でさえも驚くぐらい、今日のクマは随分と色が濃くなってしまっていた。

「寝不足のせいかな……」

「不安症のほうは？　大丈夫なのか？」

美東自身はＤｏｍでもＳｕｂでもない、いわゆる特殊な二次性を持たないノーマルだ。

ノーマルの中には少なからずＤｏｍやＳｕｂを差別する人間がいたが、美東はそんなことをする人間ではなかった。

入社してすぐの頃、八雲は通勤中にＤｏｍ同士の喧嘩に巻き込まれ、体調を崩したことがある。

同期入社組の美東に八雲の二次性が知られてしまったのも、そのときだった。

体調を崩した理由について誤魔化そうとした八雲に対し美東は『同期同士で助け合うために隠し事はなしにしたい』と自分の意見をぶつけてくれた。

そして、八雲がＳｕｂであることを知っても態度を変えなかったどころか、一番の相談相手になってくれた。今ではこの会社に勤める誰よりSub不安症について理解があるし、八雲の持つグレア過敏症についても配慮してくれている。

美東は本当にいい同期で上司だ。

「無理してんじゃないだろうな？」

「そっちはいつもと変わらないって。よくもないけど、悪くもないっていうの？」

美東の質問に八雲はそう答えたが、実際は言葉どおりではなかった。

クマが濃くなっているのは間違いなく疲労と寝不足のせいだったが、最近はそれ以外にも不安症の症状を自覚し始めていた。

こんなことは初めてだった。

先生が『念のためだ』と言って出してくれた薬はまだ服用していない。今は普段から常用している薬だけでどうにかなっていたが、それが効かなくなるのも時間の問題のような気がしていた。

もう一度、できるだけ早く病院に行くべきなのはわかっている。

しかし、急ぎの仕事にかかりっきりで、今日までその時間が取れずにいた。

「週末無理させたし、休めるうちにゆっくり休めよ」

「お前は？　休めんの？」

「しばらくは無理だな。この一週間は家に帰れるかどうかも怪しいし。前に話したプロジェクトのほうが大詰めなんだ」

美東のほうの忙しさは、これからが本番らしい。

いつもならその手伝いも申し出るところだが、今回は自分の体調が心配だった。

無理をして、逆に迷惑をかけてしまってもいけない。

「手伝えなくて悪い」

「いいんだよ。お前には他の仕事で充分助けてもらってんだから。今回はゆっくり休め」

ばしん、と強く背中を叩かれる。

豪快に笑った美東の目の下にも、八雲ほどではなかったがうっすらとクマが浮かび上がっているのを、八雲は見逃さなかった。


職場の入っているオフィスビルを後にする。

十月に入ったというのに、昼のこの時間はまだ汗ばむ陽気が続いていた。

エントランスから外に出た瞬間、強すぎる真昼の日差しに八雲は目を眩《くら》ませる。

同時に足元が大きくふらついた。

――ちょい……マジでやばいかも。

修羅場《しゅらば》明けのテンションで動くものではないと、今になって後悔していた。

別に納品だけなら、わざわざ職場に出てくる必要はない。

いつもどおり、サーバーを介して納品すればそれで済む話だったのに、仕事がすべて終わったことで、八雲は完全にハイになっていた。

気分転換がてらオフィスに顔を出そうなんて、普段なら絶対に思いつきもしないのに――徹夜の勢いというものは本当に恐ろしい。正常な思考ができていなかった。

無理に無理を重ねた身体がここにきて、悲鳴と軋《きし》みを上げ始めている。

「このまま、電車に乗るのはきついか……」

硬いはずの地面がふわふわと柔らかく感じる。

完全にまずい兆候だった。

眩しくて細めただけのはずの瞼も、そのままくっついてしまいそうなほど重い。寝不足の頭が限界に近づいているのは間違いなさそうだった。

「……どっか、仮眠の取れるとこ」

このままの状態で、家まで辿り着くのはどう考えたって無理だろう。

どこか休息を取れそうな場所を探すことにする。仮眠を取るならネットカフェか漫画喫茶が最適だが、このオフィス街にそんな都合のいい店はない。

この際、ファストフード店の端っこでもいいと妥協して辺りをぐるりと見回したが、目に入るのは有名企業の立派なオフィスビルばかりで、そんな店すら見つけられそうになかった。

「結局……駅のほうに向かわなきゃ無理か」

駅前にいくつかファストフード店があるのは知っている。あまり混んでいないことを祈りながら、重い身体を引きずって歩き出す。

すれ違ったスーツの男性が、八雲のすぐ後ろで立ち止まった気配を感じた。

「君、八雲くんか？」

名前を呼んだその声には聞き覚えがあった。

振り返った視線の先にあった顔もどこかで見た覚えがあったが、すぐに名前が出てこない。

寝不足のせいもあって、八雲の頭はいつも以上に働いていなかった。

「えー……と」

「景塚だ。星那の父親の」

「あっ！」

この俳優のような端整な顔立ちは一度見たら忘れるはずがないと思ったのに、八雲の記憶力は全く当てにはならなかった。

帰り際には名刺も渡されていたが、その存在すら鞄の奥に仕舞い込んだまま、忘れてしまっていたぐらいだ。

「そうだ。景塚さん……すみません」

早口で謝って頭を下げる——が、頭を大きく動かしたせいで足元がふらつき、今度は腕を掴むように支えられてしまった。

「……す、すみません」

もう一度、謝る羽目になる。

「君、前よりも不安症が悪化していないか？」

「今のは、寝不足のせいかと」

「本当か？　だが、八雲くん……この腕は、前はこうではなかったと思うのだが？」

星那の父親の視線は八雲の腕に注がれていた。

腕を掴まれた衝撃で、八雲の羽織っていたカーディガンの袖がめくれ上がってしまったのだ。あらわになった腕に無数のひっかき傷があるのを目敏く見つけて、星那の父親は表情を険しくした。

指摘されたとおり、これは不安症の症状の一つだ。

これが最近、八雲が新しく自覚していた不安症の症状だった。

痒いわけでもないのに、意味もなく自分の身体を強く掻きむしってしまう。八雲の場合はその傷が腕に集中していた。

それを隠すためにカーディガンを羽織っていたのに、こんな簡単に見つかってしまうなんて。

「最近ずっと仕事が忙しくて……たぶん、そのストレスだと思います」

「やはり、不安症か」

バレてしまったことが気まずくて、思わず言い訳のようになってしまった。

グレアが出ていなくても、Ｄｏｍに対して萎縮してしまうのはＳｕｂの本能なのかもしれない。

八雲自身がＤｏｍに慣れていないこともあったが、それを差し引いてもＤｏｍの視線に晒されると例外なく緊張してしまうようだ。

手も小さく震え始めていた。

グレア過敏症が出たわけではなさそうだったが、疲れと緊張が重なり、不安症が悪化し始めたのかもしれない。

「落ち着きなさい。別に怒っているわけではないんだ。だが……この状態はあまりよくないな」

「……病院には、ちゃんと行くつもりで」

「それでも根本的な解決にはならないのだろう？　八雲くん、これから時間はあるか？」

「え、と……今から帰って、寝るつもりでしたけど」

「そうか。なら、ついてきなさい」

――え、え？　待って、どういうこと？

星那の父親はそう言うと、強引に八雲の腕を引いて歩き始めた。向かった先に停めてあった、どう見ても高級そうな車の後部座席に八雲を押し込んで、自分は運転席へと向かう。

八雲は完全に混乱していた。

「あ、あの……これは、いったい」

「家までは少しかかる。眠っていていい」

「……家って、誰の？」

「私のだ」

――へ？

星那の父親は当たり前のようにそう言ったが、どうしてそういう話になっているのかがわからない。思いがけない提案に目を白黒させる八雲をよそに、星那の父親は完全にマイペースだ。

エンジンをかけ、車を発進させる準備を進めている。

「なんで、景塚さんの家に……？」

「星那に君の相手をさせる。まだ学校にいる時間だが、じきに帰ってくるはずだからな」

「え、え……なんで、そんな」

「君は星那のグレアだけは平気なのだろう？　ならば、そうすることが今の君にとって、一番の特効薬で間違いない」

「でも……そんなの、迷惑じゃ」

「それは星那と話し合って決めなさい。私はそんな状態の君を、この場に放っておくことはできない。

それだけだ」

——心配、してくれてるんだよな？

やり方は強引だが、言っていることはもっともだ。

だが、本当にこのまま星那の父親についていっていいものなのだろうか。

必死で考えようとしたが、眠気で頭が回らなかった。

動き出した車の揺れと座り心地のよすぎるシートのせいで、限界まで押し寄せていた眠気が一気に八雲の意識を奪おうとしてくる。

「いいから、今は眠っておきなさい。話は家に着いてからだ」

こんな状況で眠れるわけない——そう思ったのは一瞬で、気づけば八雲は夢も見ないぐらい深く眠ってしまっていた。


一時間近くぐっすりと眠っている間に、八雲を乗せた車は景塚家へと到着していた。

降ろされたのは、乗ってきた車の他に三台の高級車が並んでいるガレージだ。そこを出た八雲の目の前に広がっていたのは、公園と見間違うレベルの広大な庭だった。

八雲はあんぐりと口を開いたまま、動きを止める。

「超豪邸じゃん……」

その視線の先にあるのは、豪邸と呼ぶのにふさわしすぎる立派な家だった。

白を基調にした近代的な外観の建物だ。この距離で見ても普通の大きさでないのがわかる。

「すまないが、少し歩くぞ」

「あ……はい」

ガレージは家から少し離れた場所にあった。といっても、ここも自宅の敷地内には間違いない。こんなにも広大な敷地に建つ豪邸を間近で見たのはこれが初めてだった。

雨が降っていたらこの距離は面倒だろうな、などと考えながら、八雲は星那父の後ろについて歩く。

――真ん中にあるのは薔薇園、かな？

庭の中央に可愛らしい金属製のアーチが立っているのが見えた。周りに薔薇が咲いている。

秋薔薇のシーズンには少し早いのか、今はまだポツポツとしか咲いていなかったが、満開になればきっと華やかで見事なのだろうと容易に想像できるほどの広さがある。

その中央には小さな噴水もあった。家の庭に薔薇園と噴水があるなんて、普通では考えられない。

そんな豪邸に招かれることになるなんて想像もしていなかった。

――あれ？　あっちにも家がある。

キョロキョロと見回していると、庭の端にもう一つ家が建っているのを見つけた。

正面にある豪邸と比べれば小さいが、それでも普通の一戸建てほどの大きさはある。

――誰の家だろ？

「あれは、私と妻のパートナーカップルが暮らしている家だ」

八雲の視線に気づいた星那父が説明を加えた。

だが、あまりの情報の多さにすぐには意味を理解できない。

――私と妻の、パートナー……カップル？

Ｄｏｍのパートナーといえば、Ｓｕｂのことだろう。

だが、カップル？　私と妻の？

完全に謎だ。首を傾げて一応考えてみたものの、まだ一時間程度しか、まともな睡眠の取れていない八雲の頭には荷が重すぎたのか、やはり理解しきれない。

考えているうちに、豪邸に辿り着いてしまった。

人の家に招かれるなんて、いつぶりか思い出すのも難しかった。

作法はこれでいいのか迷いながら、八雲は小声で呟く。

「お邪魔します……」

――お手伝いさん的なのはいないのか。

こんな家なら執事やメイドが出てきてもおかしくない気がしたが、そこまではいないようだった。

玄関で靴を脱ぎ、廊下へ上がる。

出されたふかふかのスリッパを履いて、先を歩く星那父の背中を追う。

八雲が通されたのは、景塚家のリビングだった。

外観から予想していたとおり、中も広い。

リビングは二階まで吹き抜けの構造で天井が高く、開放感にあふれていた。

壁の一面はガラス張りになっていて、庭が一望できるようになっている。

全体的にシンプルな印象のインテリアで纏められていたが、そんな中で唯一、天井からぶら下がる特徴的なデザインの大ぶりな白のペンダントライトだけが強い存在感を放っていた。

部屋の中心にコの字に置かれたソファーは、八雲の部屋にあるベッドよりも広い気がする。

そのソファーの前には高級ホテルでしかお目にかかれないような、おしゃれなガラスのローテーブルが置かれていた。

正面の壁には何インチなのかもわからない巨大なテレビや立派なスピーカーセットが置かれていて、その一つひとつの迫力に圧倒されてしまう。

リビングの端には、二階へ繋がる階段もあった。

二階の廊下はバルコニーのように迫り出していて、リビングが見下ろせるようになっている。その廊下の端には、カフェのようなおしゃれな休憩スペースもあった。

ここだけでも充分、優雅な暮らしが想像できる空間だ。

「そこのソファーで休んでいるといい。星那はあと二時間は帰ってこないからな」

「休む、って」

「あれぐらいでは寝足りないのだろう？　そこで眠っていなさい。私は仕事が残っているから、一度書斎に行く」

――え？　他人の家のリビングで勝手に寝てろってこと？　いやいやいや。

星那父の感覚は、一般人とずれているのだろうか。

初めて来た人の家のリビングで横になるというのは、どう考えたっておかしすぎる状況だろう。たとえ、そこにあるソファーが自宅のベッドより寝心地がよさそうだとしてもだ。

「あの、やっぱり、それは」

「やはり、こんな場所では休まらないか？　ゲスト用の寝室を用意したほうがいいなら」

「いえ！　ここで大丈夫です!!」

斜め上の提案を、慌てて拒否した。

はっきりと意思表示しないと強引に部屋まで連れていかれてしまうことは、さっき無理やり車に乗せられてしまった経験から容易に想像できる。

星那父はそういう意味でマイペースな人なのだ。

「では、私は二階の書斎にいる。何かあったら、いつでも声を掛けてもらって構わない」

「……はい」

いろいろ諦めて、八雲は頷いた。

最初から星那父に物申すなんて無理だったのだ。

星那父が階段を上り、二階の書斎に入るのを見送った後、八雲は指定されたソファーに、ぽふんと腰を下ろした。思いのほか、身体が深く沈んだことに驚きつつ、近くにあった触り心地のよさそうなクッションを一つ手に取って、抱きかかえる。

「……何してんだろ、おれ」

ぽつりとこぼした声が、広いリビングにやけにはっきりと響いた。

本当に何をしているんだろう。

ほとんど知らない人の家までついてきて、リビングで一人、こんな風にくつろいでいるなんて。

星那はあと二時間は帰ってこないと言っていたが、他の家族はどうなのだろう。もし、ばったり遭遇してしまった場合、自分は不審者になってしまわないだろうか。

――って聞いても、あの人なら『大丈夫だ』とかしか言いそうにないしなぁ。

そんなことを考えながら、ぎゅうっとクッションを抱きしめる。

自分の体温でぽかぽかとあたたまってきたそれを抱きしめているうちに、八雲はまたうつらうつらと夢の世界に入り込んでしまっていた。

「――――」


聞こえた声に、ひくんと身体が歓喜に震える。

とろりとした幸せな気持ちが胸の奥から沸き起こり、八雲を内側から満たしていく。

――また、あの夢だ。

今日はこれが夢だと自覚していた。

白い空間で誰かに跪く夢。

やはりこれは、プレイしている夢だ。

相手のＤｏｍの顔は見えないし、声も聞こえないのに、コマンドを言われている気配だけは感じる。

命じられた聞こえないコマンドに従うように、八雲の身体は勝手に動いた。

――最近、この夢は見てなかったのに。

病院で星那に会った日以来、この夢を見ることはなくなっていた。

八雲自身もこの夢のことはすっかり忘れていたのに、見ればまたはっきりとこの感覚を思い出すのだから、人間とは不思議なものだ。


「――――」

また何か命じられた。八雲の目の前に手が伸びてくる。

相手のＤｏｍの顔は全く見えないのに、その手だけは、はっきりと八雲の目に映った。

自分より小さな手。柔らかくて体温の高いその手に、するりと頬を擦り寄せる。

近づいてきた指先が、八雲の唇を優しく撫でた。

「ん……っ」

気持ちよさが、身体の中を電流のように駆け抜ける。

ひくひくと腹筋を震わすように全身を揺らしながら、八雲はぎゅっと目を閉じた。

欲しがるように唇を開けば、その隙間から細い指が入り込んでくる。奉仕するように指に舌を這わせると、少し高めの笑い声が耳をくすぐった。

「可愛いですね、八雲さん」

はっきりと聞こえた声に、八雲は驚いて目を開いた。

目の前に人がいる。夢とは違って、きっちりとその顔を視認できる。

「ふぇ、ぁ……ッ」

「おはようございます。八雲さん」

星那――そう目の前にいる人物の名前を呼ぼうとしたのに、口に入っているもののせいでうまく言葉にできなかった。

ぱちくり、と目を瞬かせながら舌を動かし、自分の口の中にあるものを確認する。

――え、おれ……何して。

八雲の口に入り込んでいたのは、細くて柔らかい星那の二本の指だった。

すべて夢だと思っていたのに、いつから本当のことにすり替わっていたのだろう。

八雲は慌てて星那の指を自分の口から引き抜き、ソファーから勢いよく身体を起こした。

「ご、ごめ……おれ、寝ぼけて」

「大丈夫ですよ。そんなに慌てなくても」

「いや、だって——本当にごめん！」

完全に混乱していた。

唾液で汚してしまった星那の手を取って、自分の服の袖でごしごしと拭う。己の犯してしまった失態に頭を抱えながら、八雲は星那に謝罪し続けた。

「あの……八雲さん。もう大丈夫ですよ？　汚れたわけじゃないですし」

「いや、でも……」

「八雲さん」

ゆっくりと名前を呼ばれる。

星那の手が八雲の頭に触れた。ぽんぽんと何度も優しく撫でる手が、なんとかして八雲の気持ちを鎮《しず》めようとしてくれているのがわかる。

力任せに握りしめてしまっていた星那の手首から手を離した。

赤くなってしまったところをさすりながら、もう一度謝罪すると、下げた頭の上から星那の軽やかな笑い声が降ってくる。

「大丈夫だって言ってるじゃないですか。ほら、八雲さん。顔を上げてください」

「…………うん」

躊躇《ためら》いながら、顔を上げる。

ソファーの前に立つ星那は首を傾げながら、八雲の顔を見つめていた。

その顔に浮かんでいる優しい笑顔に安心させられる。

ぼんやりと顔を見つめていたら、星那が「あっ」と声を上げた。

「八雲さん、これ……素敵ですね」

「え？」

「泣きぼくろっていうんでしたっけ？　八雲さんに、とってもよく似合ってます」

「…………ッ」

——な、な、何言って。

今度は星那の言葉に、ひどく動揺させられた。

先ほどとは違った意味で、星那のほうを見れなくなる。再び俯いた八雲の頬に星那の手が触れた。

さっき、頭に触れていた手だ。

控えめに伸ばされた指が、八雲の左目の下にある泣きぼくろをなぞる。

そんな星那の手を振り払うことはできず、八雲はバクバクとうるさい心臓の音を聞きながら、ぎゅっと目を閉じた。

——落ち着け、落ち着け。

星那の手が離れても、八雲の動揺はすぐに収まりそうになかった。

何度も深呼吸を繰り返してから、八雲はゆっくりと顔を上げる。躊躇いがちに、正面に立つ星那のほうに視線を向けた。

よく見ると、星那は制服姿だった。

どうやら私立の小学校に通っているようだ。

上は濃い紺色のブレザーにエンジのネクタイ、下はブレザーと同じ色のひざ丈のパンツを穿《は》いている。小さな紳士を思わせるデザインの制服は星那によく似合っていた。

帰ってきてすぐなのか、背中にまだ焦茶色のランドセルを背負っている。こうして見ると、いつも大人びて見える星那もちゃんと小学生なのだとわかる。

「……どうかしましたか？」

「あ、いや……ランドセル、懐かしいなって」

自分がそれを背負っていたのは、もうかなり昔のことだ。なんだか懐かしくなり、もっと近くでランドセルを見ようと身を乗り出したが、それは星那によって阻まれてしまった。

ドン、と強い力で押し返される。

「——俺、着替えてきます！」

「え……？」

「八雲さんはそこで待っててください！　絶対ですよ？　絶対、待っててくださいね!!」

本当にあっという間に、星那はリビングにある階段を駆け上がっていってしまった。

星那の部屋の扉が閉まった瞬間、その賑やかな音を聞きつけたのか、今度はその隣にある書斎の扉が開く。星那父が顔を出した。

「星那が帰ってきたのか」

「……今、部屋に入っていきました」

「みたいだな」

星那父は相変わらず、少しも慌てる様子はなかった。

二階から階段を下りてきて、最初に向かったのはソファーのすぐ横にある小さな冷蔵庫の前だ。

中から水の入ったペットボトルを取り出すと、その中身を一口飲む。一息ついてから、八雲のほうを見た。

「君も飲むか？」

「……いただけますか？」

「ああ」

遠慮しようかと一瞬迷ったが、喉の渇きには勝てなかった。

星那父がローテーブル越しにペットボトルを差し出してくる。受け取った八雲はまず飲む前に、そのペットボトルをまじまじと見つめた。

――なんかやたら細いし、宝石みたいにキラキラしてる。

変わった形のペットボトルだった。

中身はただの水のはずなのに、見るからに高そうだ。

八雲は慎重な手つきでそれを開けると、中身を一口流し込む。お高い硬水の味は、八雲の口には少し合わなかった。


星那はほどなくして、リビングに戻ってきた。

その格好は先ほどまでの学校の制服ではなく、少し大きめのパーカと細身のジーンズ姿だ。

星那はリビングの入り口で一旦足を止めると、向かい合って座る八雲と父親の顔を交互に見て、不思議そうに首を傾げた。

「あれ？　父さん、仕事は？」

「今日は早めに切り上げた。外で八雲くんと会ったからな」

「え、仕事中だったんですか？」

二人の会話で、まず驚いたのはそこだった。

スーツ姿だったからもしやとは思っていたが、星那父は仕事の途中だったらしい。

「あ、の……大丈夫だったんですか？」

「構わない。こんな状態の君を放っておくほうが問題だろう」

今度はその言葉に星那が反応を見せる。

「こんな状態……？　八雲さん、もしかしてどこか悪いんですか？」

「Ｓｕｂ不安症が悪化しているんだ。お前は見てすぐに、気づかなかったのか？」

相変わらず、星那父の話し方は相手を緊張させる。

今、話し掛けられているのは星那だが、その隣で八雲も一緒に緊張に身体を縮こまらせていた。

「……不安症。目の下のクマが前より濃くなっている気はしたけど」

「それと……八雲くん、失礼する」

「――ッ」

星那父は身を乗り出しながら八雲のほうに腕を伸ばすと、いきなりその袖をめくり上げた。

下から現れた傷を見て、星那が小さく息を呑む。

「不安症の掻きむしり……これ、痛みますか？」

「いや、そこまで痛いってことはないけど……ごめん、なんか見苦しくて」

「そんな風に謝らないでください！　こんなの……しんどいですよね？」

星那が八雲の隣に腰を下ろした。ソファーが少しだけ左側に沈む。星那は八雲と身体をぴったりとくっつけると、ひっかき傷がたくさんついている左腕に手を近づけた。

だが、触れることはしない。

黙ったまま、じっと覗き込んでいるだけだ。

「見てて気持ちいいものじゃないだろ？」

「本当に……こんな風になるんですね」

「あー……っと。ま、これはおれの管理不足による自業自得だし。星那がそんな顔しなくても」

星那の横顔は悲痛に歪んでいた。

今にも泣きだしてしまいそうな顔だ。

八雲自身はそこまでひどいと認識していなかったが、子供が見るには刺激が強すぎたのだろう。

そっと反対の手で袖を下ろして傷を隠す。

星那がはっと顔を上げて、八雲の目を覗き込んできた。

「俺が、力になれますか？」

「え……？」

「俺がちゃんとグレアを使えるようになったら、八雲さんの役に立てる？」

二度目の問いは八雲に対してではなく、父親に対する問いだった。

星那の視線は正面に座る父親のほうに向いている。

その横顔は真剣そのものだった。

「自分でその答えに辿り着いたか。私もそう思って、八雲くんを家に連れてきたんだ」

星那父が大きく頷いた。

それに頷き返した星那が、再び八雲のほうを見る。

「八雲さん、俺に手助けさせてください。八雲さんのためになるなら、俺もちゃんと練習してグレアを使えるようになるので」

「……え、と……どういう、こと？」

「星那はまだうまくグレアを扱うことができないんだ。私や妻のパートナーに練習相手を頼んだが、まだ一度もうまくいっていない。だから八雲くん。君さえよければ、星那の練習相手になってやってくれないか？」

「おれが……練習相手に、ですか？」

あまりに急展開すぎる話に、八雲はまだ追いつけていなかった。

聞き返した八雲の問いに、星那父が力強く頷く。

「ああ。星那がこれまでうまくグレアを出せた相手は君だけなんだ。そして君も、星那が相手ならば過敏症の症状が出ないのだろう？　ならば、これは君のためにもなると思うのだが、どうだろう？もちろん、断ってもらっても構わないが」

「八雲さん!!」

必死な声とともに、手に星那の体温を感じた。

ぎゅうっと強く握ってくる小さな手から、切実な想いが伝わってくる。

――星那の練習相手に？　おれが？

こちらを見つめてくる星那の顔を、呆然《ぼうぜん》と見つめ返す。

「八雲さんが嫌だと思うことは絶対にしません。セーフワードも二人で相談して決めましょう？　俺、ちゃんと頑張るので……お願いです。八雲さんのために何かしたいんです」

「星那……」

相手は小学生とはいえ、まさかＤｏｍからこんな風に懇願をされるなんて思ってもみなかった。

星那の顔は先ほど八雲の傷を見たときよりも、さらに悲痛に歪んでいる。

その目には、じんわりと涙も浮かび始めていた。

――こんなにも心配してくれるなんて。

星那と会うのはまだ三度目だ。そのたび情けないところばかりを見せてしまっているのに、星那は真剣に八雲のことを心配してくれている。

本当に力になりたいと思ってくれているのだ。

八雲は意を決して、視線を星那父のほうへと向けた。

「……おれで、役に立てますか？」

「私からもお願いしたい。弱ったＳｕｂを放っておけないのもまた、Ｄｏｍの本能なんだ」

――やっぱり、星那も星那のお父さんもすごくいいＤｏｍだ。

こくり、と頷く。

ずっと八雲の手を握っていた星那の手を、八雲からも握り返した。

「おれ、プレイには不慣れだけど……よろしくな？」

「はい。八雲さんが安心して委ねられるように、俺も頑張りますね」

目を赤くした星那が、ほっとした顔で笑った。


「じゃあ、まずはセーフワードですね。八雲さんは何がいいですか？」

そう話す間も、星那は八雲の手を握ったままだ。気がついていないのだろうか。

繋いだところから伝わってくる星那の体温にそわそわしつつも、自分から振りほどくのもなんだか悪い気がしてできない。

「八雲さん？」

「ひゃい……っ」

「何か気になりますか？」

顔を覗き込んでくる星那の視線から逃れるように、八雲はぶんぶんと首を横に振った。

ぷ、と星那父が耐えられなかったように笑い始める。

「お前たちは、本当に――」

「なんか変？」

「いや、初々《ういうい》しくていいんじゃないか？」

「？」

ひとしきり笑った星那父が、向かいのソファーから立ち上がる。

腰に手を当て軽く伸ばしてから、八雲たちのほうを見た。

「残っている仕事を片付けてくる。星那、何かあったらすぐに呼びなさい」

「わかった」

「八雲くんも。気分が悪くなりそうなら、すぐにセーフワードを使うように。相手が星那だからといって、遠慮は必要ない」

「……わかりました」

星那父はもう一度、二人の顔を確認する。

何か納得したように小さく頷くと、再び二階の書斎へと戻っていった。

扉がパタンと閉まるのを、視界の端で確認する。

「うーん……セーフワードって、意外と考えるのが難しいんですね。八雲さんが普段使ってるのとかはないんですか？」

「あー……ごめん。おれ、まともなプレイ経験ないから、セーフワードも決めたことがなくて」

Ｄｏｍと会話を交わすだけで気分が悪くなってしまうばかりだった八雲には、まともなプレイ経験がなかった。

セーフワードを決めるところまで進めたことがない。

謝った八雲に対して、星那が申し訳なさそうに眉尻を下げた。

「……あの、俺……ごめんなさい」

「いや、こっちこそ。ちゃんとリードできればいいんだけど」

Ｄｏｍだからといって、小学生である星那にすべてを押しつけるのは酷だ。だが、八雲も未経験のことばかりで全く役に立てそうにない。

「……そうだ。スマホで調べてみる？」

「はい！　そうしましょう」

ようやく星那から手を離すきっかけができたことに、ほっとする。

八雲がポケットからスマホを取り出すと、その画面を星那も一緒に覗き込んできた。

これはこれで距離が近い。

鼻を掠めた星那の髪からシャンプーのいい匂いがする。学校から帰ってきたところだというのに、イケメンというのは汗の匂いがしないのだろうか。

「まずはセーフワードの決め方、ですかね？」

「……っ、そうだな」

匂いに気を取られていた八雲は一瞬慌てた。そんな八雲の動揺に星那は気づいていない。

八雲は星那に言われたとおりスマホの画面を操作すると、〔セーフワード　決め方〕とテキストボックスに入力した。

検索結果の一番上に表示されたのは、プレイ初心者のために作られたウェブサイトだ。

グレア過敏症については嫌というほど調べたことがあったが、プレイについて書かれているこういったページを見るは初めてだった。

「ええっと……『セーフワードには覚えやすい言葉、プレイ時に絶対口にすることのない言葉を選ぶようにしましょう』……そうですよね。よく口にする言葉だとだめですもんね」

星那がページに書かれている文字を読み上げる。

「覚えやすい言葉かぁ……」

具体的にこういう言葉がいい、とは書いていなかった。例があるならそこから選ぼうと思っていた八雲は、思惑が外れたことにがっかりする。

ページには「二人で一緒に考えましょう」と書いてあるので、あくまでそういうスタンスらしい。

その文字の横にはにこにこと笑っている人型の可愛らしいキャラクターが描かれている。片方が首輪をしているので、ＤｏｍとＳｕｂをイメージしたキャラクターなのだろう。

理想的なパートナー関係はこんな感じなんだろうか。

今の八雲にはまだ、それすらうまく想像できなかった。

——セーフワードかぁ。

セーフワードはＳｕｂがＤｏｍのプレイを止めるために使う言葉だ。

この言葉をＳｕｂが口にすれば、Ｄｏｍはそれ以上のプレイを強行できなくなる。

Ｓｕｂを守るための大事な決まり事なので、それを決めずにプレイをするというのはルール違反になるらしい。

とはいえ、すぐに思いつくものでもなさそうだった。

八雲はスマホの画面から視線を外すと、隣にぴったりと寄り添うように座り、八雲の手の中にあるスマホを覗き込んでいる星那のほうを見た。

「そういえば、星那ってどんな字書くんだ？」

「空に浮かぶ星に那覇《なは》の那です。八雲さんは？」

「数字の八に空に浮かぶ雲だよ。あ、おれたちって空繋がりなんだな」

ちょっとした思いつきで聞いてみただけだったが、思わぬ共通点に気がついた。

星と雲、それは両方とも空にあるものだ。

「あの、《スカイ》ってどうですか？　セーフワード」

「いいんじゃない？　おれもそれがいいかなって思ってたとこ」

同じタイミングで同じことを考えていたらしい。

八雲の答えに星那が嬉しそうに笑う。

「じゃあ《スカイ》で決まりですね。セーフワードを決めたら、次にすることってなんですか？」

「信用のためにお互いを知る、だって……まあ、これはいらないかな」

「え、なんでですか？」

「なんでって……おれはもう星那のこと、充分信用してるし？」

「っ、……っと、ありがとうございます!!」

星那の顔がいきなり真っ赤になる。

かと思えば、びっくりするほど大きな声で礼を言われてしまった。

「え？　どうした？」

「いえ、その……八雲さんに信用してもらえてたのが、嬉しくて」

星那が額を八雲の肩に押し当ててくる。ぐりぐりと擦りつけてくるのは照れ隠しだろうか。

年相応の可愛らしさにつられて、思わず星那の髪に触れていた。適当にぐしゃぐしゃと掻き混ぜる。

「ちょ、と……八雲さん!?」

困惑した星那の声に、今度は笑いが込み上げてきた。

身体を丸めて全身を震わせながら笑っていると、ぽこんっと星那の拳《こぶし》が八雲の背中に入る。

「もう……子供扱いしないでください」

「ごめんごめん」

「まだ笑ってるじゃないですか！」

「だって、星那が可愛くて」

そうやって、頬を膨らませた顔だって可愛い。

八雲のその発言が気に入らなかったのか、星那がキッと八雲を睨みつけた。その瞬間、ぞくんと身体の奥から震えが起きる。

得体の知れない感覚に、八雲は思わず自分の身体を見下ろした。

「ん、ぁッ」

ひく、と腹筋が勝手に揺れる。喉から漏れた甘い声に八雲自身も驚いた。

「あ、もしかして……今、グレアが」

その正体に、すぐに気づいたのは星那だった。

星那のほうにも何か違和感があったのか、右目を手で押さえている。

「すみません、八雲さん。俺、今」

「これが、……グレア？」

手が小刻みに震えている。

でも八雲にとって馴染《なじ》みのある、グレア特有の気持ち悪さは一切なかった。

「震えてますけど、大丈夫ですか？」

「うん。平気……これは、なんかちょっと落ち着かなくて」

そうだ、なんだか落ち着かない。

喉が渇いているような、何か足りないものがあるようなそんな感覚だ。

その足りないものを与えてくれるのが誰なのか、それは本能が知っていた。目の前にいるＤｏｍを八雲のＳｕｂの本能が渇望している。

もっと、あの頭の奥が痺れるようなグレアが欲しい。

――でも、そんなことを望むのは。

本能が望んでいることが理解できても、今はまだ理性のほうが勝っていた。

素直にそれを望むことができない。相手が小学生だというのも、八雲の衝動に歯止めをかけていた。星那相手にＳｕｂの本能をすべてさらけ出すのは、やはり難しい。

「星那……なんか、コマンド」

八雲はグレアではなく、コマンドを星那に求めた。

それならばまだ、己の理性を保てる気がしたからだ。

星那が右目を押さえたまま、八雲の希望にこくんと頷く。すぐに立ち上がって、ローテーブルの横に立つと、左目だけで八雲のほうを見た。

「八雲さん、《こっちに来てください《Come》》」

呼ばれただけなのに、全身に歓喜が駆け巡る。

コマンドだけならば平気だろうと思っていたが、長年Ｄｏｍの支配に飢えていた八雲のＳｕｂ性は、やっと与えられたコマンドに悦びをあふれさせていた。

息を震えさせながら立ち上がって、星那のほうへ向かう。正面に立って、自分に命令したＤｏｍの顔を見下ろした。

「ちゃんとできましたね。《いい子です《Good》》」

言葉だけで褒められる。

それだけなのに、頭の奥が溶けてしまいそうなほど気持ちよくなってしまう。

――これが、プレイ。

前回にも一度、病院で星那とはプレイしていたが、八雲の記憶には残っていないので、これが実質初めてのプレイだった。

グレアの心地よさもそうだが、星那に褒められたときの多幸感はなんとも表現しがたいものがある。

これは癖になってしまいそうな感覚だった。

「八雲さん、《跪いてください《Kneel》》」

続けて星那が八雲にコマンドを告げる。

足から勝手に力が抜け、気づけば床に正座で座り込んでいた。先ほどまでとは逆で、星那が八雲を見下ろすような体勢になる。

「上手ですね。それに《とっても可愛いです《Good boy》》。八雲さん」

あの小さな手が伸びてくる。そっと頭に触れ、優しく撫でられる。

――おれが、ずっと欲しかったものだ。

満足感と多幸感に、とろとろと理性が溶け出していく。

嬉しさに表情を緩め、八雲は星那の手の感触を堪能した。

†

――あったかい。それにいい匂いもする。

心地よい香りのする何かに、自分からも身体を擦り寄せる。

周りの空気を揺らす優しい笑い声とともに、あの大好きな小さな手が頭に触れる感覚がして、またほわりと幸せな気持ちになった。

――ずっと、こうしていたい。

その願いとは裏腹に、少しずつ意識が浮上する。

重い瞼を開いた八雲の視界に一番に飛び込んできたのは、どこかで見た記憶のある淡いグレーのパーカ生地だった。

そこに垂れ下がる、同じくグレーの紐を辿るように上を見る。

「あ、八雲さん。目が覚めましたか？」

星那が八雲を見下ろしていた。笑みを向けられたが、状況がわからない。

しばらく呆然と見上げていたが、後頭部に感じる柔らかな感触の正体に気づいて、慌てて身体を起こした。

――え、え……なんで、星那の足を枕なんかに。

どうやら、いつの間にかソファーの上で眠りこけてしまっていたらしい。

それも、星那の太腿を枕にして。

「……慌てて起きなくても、大丈夫なのに」

「おはよう、八雲くん」

しかも、リビングにいたのは星那だけではなかった。

横から聞こえた低い声に、八雲はびくりと身体を跳ねさせる。

ぎぎぎと油の切れたロボットのような動作で振り向くと、星那父が八雲と同じソファーに座り、長い足を組んだ体勢でこちらを見ていた。

「……おはよう、ございます」

無視するわけにもいかずそう返したが、これは正解だろうか。

目を細めてうっすら笑った星那父に機嫌を損ねた様子はなかったが、八雲の心臓は今にも口から飛び出してしまいそうだった。

「え……と、おれ、いつの間に寝て……」

「グレアを受けたトランス状態の後、すぐに眠ってしまったみたいだな。スペースとまではいかなかったようだが」

言葉を止めて、星那父が立ち上がる。

八雲の正面に立ち、じっと顔を覗き込んできた。

「クマはよくならなかったが、顔色はよくなったな」

「……あ、の」

「父さん、顔が近いって」

隣から星那が八雲の腕を引っ張った。

自分の父親から八雲を引き離したかったようだ。

そんな星那を見て、星那父はくつくつと身体を揺らして笑っている。

ぽんっと八雲の頭を一つ叩いて、先ほどまで座っていたところに再び腰を下ろした。

「もう……」

不満げに小さく呟きながら、星那が父親の触れた場所に同じように触れてくる。

いったい何をされているのかわからなかったが、星那の手の感触に不思議と気持ちが落ち着くことだけはわかった。


——で、なんでおれはこの人たちと一緒に食卓を囲んでるんだろう。

八雲は景塚家のダイニングにいた。

最初に通されたリビングの隣に位置するダイニングスペースの中央には、六人分の椅子が並べられた木製のダイニングテーブルが置かれている。一人ひとりのスペースがしっかりと確保されたそのテーブルは、通常の六人掛けのものよりもかなり大きくて横に長い。

そんな巨大なテーブルが真ん中に置かれていても狭いと感じることがないほど、このダイニングは広さがあった。

リビングと違い、こちらは吹き抜け構造ではない。

それでも天井までは充分な高さがあり、圧迫感を覚えることはなかった。

こちらも照明は、天井からぶら下がるタイプのペンダントライトだ。ガラス製の小ぶりのものが五つ、テーブルの上に等間隔で並んでいる。よく見ると一つずつ形が違った。

「母さんがああいうの好きなんです」

「あ……そうなんだ」

八雲の視線に気づいて、隣に座る星那が説明してくれた。

ぽかんと見上げてしまっていたが、口は開いていなかっただろうか。

「さあ、遠慮せずに食べるように」

「はい……いただきます」

正面に座る星那父にそう促され、八雲はぺこりと会釈を返す。

八雲と一緒に食卓を囲んでいるのは、星那と星那父だけではなかった。

星那父の隣には、離れに住んでいるというＳｕｂの二人も座っている。星那母だけは仕事が忙しいらしく、まだ家には帰ってきていなかった。

ちなみに、この料理を用意したのは星那父とＳｕｂの二人だ。

星那の説明によると、この三人は無類の料理好きらしい。

「八雲くんって、星那くんより俺たちのほうが歳が近いのかな？」

「八雲っち、実はめっちゃスタイルいいんじゃない？　なんかスポーツやってた人？」

Ｓｕｂの二人は、人見知りをしない性格のようだった。興味津々の様子で八雲に話しかけてくる。

彼らは男性同士のカップルなのだそうだ。

二人ともレザー素材を多く取り入れた独特な服装をしている。それらはすべて、彼ら二人が代表を務めるブランドのアイテムだということだった。

すらっと背が高い黒髪短髪のほうが蓮司《れんじ》。

目元が鋭くきつい印象のする顔だが、口を開けばその話し方は誰よりもおっとりとしている。

小柄で元気のいい赤毛のマッシュボブのほうが由汰《ゆた》。

八雲のことを最初から「八雲っち」と呼び、親しげに話しかけてくる、見た目どおりの賑やかなタイプの人間だった。

そんな二人の首には、お揃いのレザーの首輪がつけられている。

——私と妻のパートナーでカップルって、そういう意味だったのか。

庭で説明を受けたときにはわからなかった、その言葉の意味をようやく理解した。Ｄｏｍ同士、Ｓｕｂ同士がそれぞれカップルのパートナーだったのだ。

——複雑……だけど、理には適《かな》ってるのか。

確かにこれなら誰かがあぶれることもないし、関係に問題も起きにくいだろう。

こういう形もあるのかと納得しながら、目の前に置かれていたコーンスープをスプーンで掬って口に運ぶ。ずっとゼリー飲料やインスタントばかりで食事を済ませていた八雲にとって、随分と久しぶりのまともな食事だった。

口に入れた瞬間、甘くて濃厚なコーンの味が全身に染み渡っていくのを感じる。

その美味しさに思わず、顔が綻んでいた。

「八雲くんって幸せそうに食べるね。作り甲斐《がい》あって嬉しいなぁ」

「んで？　んで？　八雲っちの体型維持の方法は教えてくれないの？　シークレット？」

向かいに座るＳｕｂ二人から向けられる遠慮ない視線に、人見知りの発動してしまっている八雲は全く落ち着かない。

星那父はそんな二人の隣でも、淡々と食事を進めていた。やはり我が道を行くタイプの人のようだ。

「ええっと……高校まで水泳部に所属してて、今もたまに泳ぎに行ったりはしますけど」

こういう答え方でいいのだろうか。

視線を泳がせながらも、八雲はなるべく小声にならないように答えた。

普段こんなにもぐいぐいと質問されることがないので、正直戸惑いが隠せない。

「八雲さん、泳ぐの得意なんですか？」

「まあ、普通の人よりは得意かな」

「いいなあ……俺、あんまりうまく泳げなくて」

隣から会話に割り込んできたのは星那だ。

八雲と同じようにコーンスープを口にしている。

大人用の椅子はまだ足が床につかないのか、ぷらぷらと足先を揺らす仕草がとても可愛らしい。

「星那っち、カナヅチだもんなぁ」

「そこまでじゃないですよ！　由汰さんはすぐに俺のこと揶揄《からか》うんだから」

「星那くんはちゃんと泳げるよな？　……息継ぎができないだけで」

「もう！　蓮司さんまで！」

賑やかな食卓だが、星那父に注意する様子はない。いつもこんな感じなのだろう。

高校を卒業してからずっと一人暮らしで、実家にもほとんど帰っていない八雲にとって、こんな賑やかな食卓は本当に久しぶりだった。

コーンスープ以外の料理も口に運びながら、楽しそうに会話する三人を眺める。

「……八雲くん、水泳部ってことは大会とかにも出てたりしたの？」

「ですね。たまに」

「おお！　八雲っち、実はすごいんじゃん。星那っち、泳ぎ教えてもらいなよー」

「お願いしてみたらどう？」

「……八雲さん、教えてもらえますか？」

二人に背中を押されて、おずおずと聞いてくる星那は、さっきまで八雲に命令していた顔とはまるで別人だった。

そんな可愛らしい表情でお願いされて、断れるわけがない。

「いいよ。おれで役に立てるなら」

「本当ですか?!　じゃあ、今度うちのプールで教えてください！」

――え、この家……プールまであんの？

すでに麻痺しかけていたが、この家が驚くほどの豪邸だったことを思い出す。少々複雑な気持ちを抱えながら、八雲はこくんと頷いた。

†

その週末も、八雲は景塚家にいた。

まさか、五日後にまたこの家に来ることになるとは思ってもいなかったが、星那父曰《いわ》く『プレイの感覚を掴むのに、なるべく期間は空けないほうがいいだろう』とのことだった。

その上で『八雲くんの都合のいい日で構わない』とも言われたが、放っておけば八雲はずっと仕事ばかりをしているワーカホリックだ。

都合のいい日、という概念がわからず首を捻っていると『それなら週末どちらか、必ず来るように』と星那父から決められてしまった。

――まあ、そのぐらい決めてくれたほうが、やりやすくはあるんだけど。

ふんわりした言い方をされるのは、あまり得意ではない。『何かあれば』とか、『君の都合のいいときに』とか、相手の求めている正解がよくわからなくて困ることのほうが多かった。

八雲としては、星那父のようにはっきり言ってもらったほうが動きやすい。

強引すぎて戸惑うこともあるが、相手の正解を気にして行動するよりはまだ気楽だった。

「八雲さん、こっちです！」

前を歩く星那が、弾んだ声で八雲を呼ぶ。

先日約束したとおり、今日はグレアの練習の後、星那に泳ぎを教えることになっていた。

水着だけは自前のものを持ってきていたが、それ以外に必要なものは星那父がすべて用意してくれている。他に足りないものがあれば言うよう言われていたが、むしろ至れり尽くせりすぎて怖いぐらいだ。

景塚家のプールは地下にあった。

十五メートルのコースが二本。がっつり泳ぐには少し物足りない長さだが、個人の家にあるプールとしてはかなり立派なほうだろう。プールサイドにはジャグジーやシャワーも完備されていて、そちらは八雲がたまに行って泳ぐ市民プールの施設よりも充実していた。

「サウナもありますよ！」

「すごいな……」

「プールに関しては、両親のこだわりが詰まっているので。八雲さんも自由に使ってくださいね」

「あ……うん」

プールのある家に憧《あこが》れたことはあるが、まさか現実でお目にかかることになるとは思わなかった。いったい、全部でいくらぐらいかかっているのだろう。設置費もだが、維持費もかなりかかりそうなものばかりだ。

「更衣室はこっちです」

「あ、家なのにそんなのもあるんだ？」

「八雲さんみたいに、家族以外の人も使うことがあるので」

「誰かが泊まりに来たりとか？」

「ホームパーティーを開いたりしたときもですね」

「へえ……ホームパーティー……」

別世界の話に思えた。

星那が年齢より大人びて見えるのは、そういうパーティーで大人たちに囲まれてきたからだろうか。

でも、今日の星那ははしゃいでいるせいか、前に会ったときより年相応に見える。

「……こういう顔をしてるほうがいいな」

「え？」

「いや、今日の星那は可愛いと思って」

「な……っ」

星那の顔が一瞬で真っ赤になった。

本人もすぐそれに気づいたのか、慌てた様子で顔を隠す。

「……八雲さんのほうが、可愛いです」

「ん？　なんか言った？」

「なんでもないです!!　ほら、早く着替えて準備しましょう？」

急《せ》かされるように、背中を押された。

水着に着替え終え、八雲は星那を残して先に更衣室を出た。星那が突然、八雲に裸を見られることを嫌がったからだ。

「いきなりどうしたんだろ……」

年頃というやつだろうか。

こういうとき、あまり揶揄ってはいけないのは知っている。

しかし、更衣室に入るまでは普通だったのに——八雲が先に服を脱いだあたりから、急にぎくしゃくし始めたのは不思議だった。

何かおかしなことをしてしまっただろうか。

自分の行動を思い返してみるものの、特に思い当たるふしはない。

「思春期ってやつかなぁ……」

それぐらいしか思いつかなかった。

身体の悩みというのは、本人しかわからないものだ。あまり無理に聞き出すのもよくない。

星那の場合は二次性的にも〔早熟〕で、性格もかなり大人びている。だからといって、大人と同じ感じ方ではないのだ。

思春期の悩みの一つや二つはあるだろう。今は、そう結論づけておく。

——まあ、あんまり気になるようだったら、家族の誰かに相談したほうがいいんだろうけど。

それもまだ必要ないだろう。そんなことを考えながら、八雲はプールのほうへ近づいた。

「……泳ぐの、結構久しぶりだな」

最後に市民プールに行ったのはいつだっただろう。

まだ本格的に暑くなる前だった気がするので、もしかすると半年以上、足を運んでいないかもしれない。多少のブランクで泳ぎ方を忘れてしまうようなことはないが、誰かに泳ぎを教えるとなると自分の感覚が鈍っていないか心配になる。

八雲はプールサイドにしゃがむと、水面に向かって手を伸ばした。水温を確かめるように指先を動かすと、その動きに合わせて水面がぱちゃぱちゃと揺れる。

しばらくそうやって水に触れていた八雲は、ふと自分の左腕に残る傷跡に気がついた。

「これ……まだ消えてなかったかぁ」

その傷は不安症が悪化したときにつけてしまった、自傷の跡だった。

新しい傷は増えていないが、まだ前につけた傷が完全に癒えきっていない。無数についた傷跡は見ていて気持ちのいいものではなかった。

星那にはもう知られているとはいえ、そんなに何度も見せたいものではない。

無意識に傷跡を隠すように反対側の手で覆っていた。

そんな八雲の手に、小さなぬくもりが重なる。

「傷、薄くなりましたね」

星那の手だった。星那は八雲の傷を見ても嫌な顔一つせず、むしろ傷が治りかけていることを喜んでくれている。

まだ残る傷跡を優しく撫でながら、上目遣いでこちらを見た。

八雲と目を合わせて、嬉しそうに笑う。

そんな星那の表情に迂闊《うかつ》にときめいてしまい、八雲は慌てて目を逸らした。

「すみません。お待たせしました」

「いや……別にそこまでじゃなかったし」

「それじゃあ、八雲さん。よろしくお願いします」

隣に立ち、深々と頭を下げる星那の礼儀正しさを見て、八雲は慌てて立ち上がる。

「こちらこそ、よろし……ッた」

慌てて頭を下げたせいで、額を星那の頭にぶつけてしまった。一瞬驚いた表情を見せた星那が、ぷっと噴き出すように笑い始める。

八雲も一緒に、笑顔になっていた。


「そうそう、いい感じ」

星那はかなり飲み込みが速かった。

蓮司が揶揄っていたとおり、息継ぎだけはうまくできないようだったが、そこまで全く泳げないというわけではなかったらしい。コツさえ摑めば、上達はすぐだった。

「八雲さんの教え方がいいからですよ」

「……そんなことないって」

そうやって相手を立てることを忘れないのが星那らしい。相変わらず大人びた対応だった。

言われて悪い気はしないが、あまり言われると調子に乗ってしまいそうなのでやめてほしい。

「本当のことです！」

「あ……うん」

星那と一緒にいると、自己肯定感がバグってしまいそうだ。

「クロールは今の感じで全然大丈夫そうだけど、星那からはなんか質問ある？」

「……質問じゃないんですけど、一ついいですか？」

「ん？　何？」

「八雲さんの泳いでるところが見たいな、って」

もじもじしているから何かと思えば、可愛らしいお願いをされてしまった。

「別にいいよ」

「本当ですか？　やったぁ!!」

そんなに喜ばれるとは思わなかった。

プールサイドに置きっぱなしだった帽子とゴーグルを手に取って、早速準備を始める。

星那の期待に満ちた視線をずっと感じていた。でもそれもコースに立てば、すぐに気にならなくなる。こういう集中力は昔から変わらなかった。


「かっこよかったです！　すごかったです!!」

星那に手本を見せたかったので、これから教える四種の泳法を一往復ずつ泳ぎきった。

プールから上がると、興奮した様子の星那に出迎えられる。突進してきた星那が、ぎゅっと八雲の身体にしがみついてきた。

「ちょっと、プールサイドは走っちゃだめだって」

「あ、ごめんなさい！　でも、八雲さんの泳ぎがすごくかっこよくて、それで!!」

早口でそう言いながら、ぎゅうぎゅうとしがみついてくる星那が可愛い。

帽子とゴーグルを外し、濡れた髪を掻き上げていると、星那が無言で八雲の顔を見上げてきた。大きな藍色の瞳をキラキラと輝かせているのに、何も言ってこないのが逆に怖い。

「えっと……何？」

「濡れてる八雲さん、いつもより魅力的で素敵です」

「ふぇッ？」

「それにこの身体も……いいなぁ。羨《うらや》ましい」

「ちょ、ちょっと！　星那!?」

口説くような台詞《せりふ》を言ったかと思えば、星那は急に八雲の身体を触り始める。

特に、腹筋の凹凸を念入りに指でなぞった。

「くすぐったいって、ちょっと」

「羨ましいです。俺もこんな身体になりたいなぁ」

聞こえているはずなのに、星那は手を引いてくれない。それどころか、なおも八雲の腹筋を撫でまわしてくる。触り心地が気に入ったのだろうか。

毎日のように泳いでいた頃に比べれば、随分と貧相になってしまった八雲の身体だったが、それでも普通の人より筋肉はついているほうだった。

それでも、今まで誰かにこんな風に撫でられた経験はない。

星那に羨望《せんぼう》のまなざしを向けられるのは嬉しかったが、それとこれは話が別だった。

「泳いでたら、俺もこんな身体になれますか？」

「ちょ、っと……星那ッ」

星那の指が、今度は八雲の胸筋に触れてくる。

くすぐったさに身をよじったが、星那は容赦してくれなかった。

「八雲さんって、くすぐったがりなんですね」

「わかってるなら、やめろって」

「えー、嫌です」

星那が珍しく子供らしいことを言う。

嫌がる八雲を見て、意地悪に笑っている顔も可愛らしい。

「くっそ、やり返してやる」

「ちょ、あはは。八雲さん、そこはだめです」

八雲も星那の脇腹をくすぐってやった。星那もくすぐられるのには弱かったのか、すぐに声を上げて笑い始める。

しばらくの間、プールには二人の笑い声が響き渡っていた。

†

それから毎週末、八雲は景塚家を訪れていた。

仕事も忙しいので最初は無理かと思っていたが、やれば意外とできるものである。

上司の美東に相談して、土日にかかりそうな仕事を先に回してもらったり、自分でも仕事の配分に気を遣うようにして、週末の時間を確保していた。そのおかげで仕事量はほとんど変わっていないのに、前よりも人間らしい生活が送れている気がする。

星那とプレイしているおかげもあるのだろう。

気持ちに余裕があるだけで、仕事の効率にもかなり差が出るようだった。

八雲がこの家に来るようになってから、もう二ヶ月以上になる。

十二月に入り、季節はもうすっかり冬になっていた。

「うー……さむ」

ガレージから玄関までの道のりは、相変わらず遠い。

覚悟して車を降りたものの、そう呟かずにはいられなかった。

「寒いねー」

後ろで答えたのは由汰だ。

八雲がこの家を訪れるとき、Sub二人のどちらかが車で駅まで迎えに来てくれることになっている。今日は由汰の番だった。

「八雲っちの職場って、年末は忙しくないの？」

「休暇前の年末進行はありますけど……基本、常に忙しい感じなので」

「ふはっ、そりゃ大変だ」

何がそんなにもおかしかったのか、由汰が身体を震わせて笑っている。薔薇園の手前まで来ると
「じゃあ、こっちだから」と言って、離れのほうへと消えていった。

いつもながら、こういうところはあっさりしている。

景塚家の庭の中央に位置する薔薇園は、次の季節に向けて剪定《せんてい》され、寂しいことになっていた。

この寒さでは、噴水に近づく気も起きない。

時折冷たい風が吹く庭園の石畳の上を、八雲はいつもより少し早足に進む。そんな八雲の耳に軽やかな足音が届いた。

「八雲さん！」

顔を上げるより先に、弾んだ声で名前を呼ばれる。

薔薇園を突っ切るようにこちらに向かってきていたのは、制服姿の星那だった。荷物だけは家に置いてきたのか、今日はランドセルを背負っていない。

星那は速度を緩めないまま駆け寄ってくると、八雲の身体に勢いよく抱きついた。

「いらっしゃい、八雲さん！」

「あれ？　今日って学校だったのか？」

週末はいつも休みのはずなのに、今日は違っていたのだろうか。

八雲の質問に、星那はすぐには答えない。ぎゅっと密着するように抱きついたまま、顔を八雲の胸に押しつけてきた。

「……星那？　どうかしたのか？」

「面談があったんです……でも、もう終わりました」

珍しく、星那の歯切れが悪い。

聞かれたくなさそうな雰囲気を察し、八雲はそれ以上、何も聞かなかった。

——進路の話とか、かな？

星那が通っているのは私立の小学校だ。

そのまま附属の中学に進学するにしても、いろいろと決めなければならないことがあるのかもしれない。

これは八雲が安易に踏み込んでいい話題ではないだろう。

「お疲れさま」

せめて労《いたわ》るように頭を撫でてやる。

気持ちよさそうに目を細めた星那が、もっと撫でろと言わんばかりに無言で頭を押しつけてきた。

「……すっごいな、これ」

いつものようにリビングに通された八雲は、先週まではそこになかったものを見つけて、あんぐりと口を開いた。下から上までゆっくりと視線を動かして、うわぁっと今度は感動の声を漏らす。

八雲の目の前にあったのは二階の高さに届く、巨大なクリスマスツリーだった。

リビングが吹き抜けになっている景塚家でなければ、飾れない大きさだ。

煌《きら》びやかなオーナメントが飾りつけられたクリスマスツリーのてっぺんには、こちらもかなり立派な星が燦然《さんぜん》と輝いていた。

「とっても綺麗なツリーでしょ？　八雲さんにも早く見せたかったんです」

「すごいな……」

その迫力に圧倒され、さっきと同じ感想しか出てこなかった。でも本当にすごい。

個人宅で見られるレベルのものではない。

「テーマパークにあるやつみたいだな」

「八雲さん、テーマパークに行ったことあるんですか？」

ぽつりと呟いた感想に、星那から意外な反応があった。

「星那は行ったことないの？」

「行ってみたいんですけど……みんないつも忙しそうなので、無理は言えません」

相変わらず、その返答は子供らしくない。

でも、寂しそうにツリーを見上げる横顔は、まだ十二歳の子供のものに間違いなかった。

「その代わりじゃないんですけど、クリスマスはいつも家でパーティーをするので」

「へえ……そうなんだ。それって前に話してた、お客さんが来るっていうホームパーティー？」

「いえ。クリスマスはいつも家族だけのパーティーなんです。すごく楽しいんですよ‼」

星那はそのクリスマスパーティーをとても楽しみにしている様子だった。

今度は待ち遠しそうな表情でツリーを見上げ、瞳の中に輝く星を映している。星那の深い藍色の瞳の中に映るクリスマスツリーの星は、まるで夜空に浮かぶ本物の星のようだった。

輝く星に見守られながら、星那の足元に跪く。

プレイはいつも景塚家のリビングで行っていた。

親公認とはいえ、二人きりの個室でプレイを行うのには、抵抗があったからだ。

プレイと性的な行為がイコールではないとはいえ、支配されたときにＳｕｂが覚える恍惚感は、それに通ずるものがあるような気がする。

それに罪悪感を抱かない八雲ではなかった。

——小学生に興奮するなんて、考えたくもない。

いけないことだと知っている。

だからこそ、いつ誰が来るかもわからないこの場所でプレイすることに決めていた。

「八雲さん、今日も《いい子でしたね《Good boy》》」

庭では撫でる側だったのに、今は星那の小さな手に撫でられることに悦びを感じている。

プレイは何度やっても慣れるものではなかった。

最初にグレアを当てられるときは、毎回緊張してしまう。だが、こうしていくつもコマンドを与えられた後は、恍惚感で何も考えられなくなってしまった。

褒められると余計にだめだ。

幸せな気持ちで胸がいっぱいになり、もっともっと際限なく自分の欲望を星那に押しつけてしまいそうになる。

「可愛いです、八雲さん」

星那はいつも口癖のように八雲のことを『可愛い』と褒めた。十一も年の離れている八雲が可愛いわけないのに——でも、そんな風に褒められることを嫌と思っていない自分がいる。

どれだけ幸福感を与えられても、それ以上を求めてしまうなんて——Ｓｕｂの欲は尽きることを知らないのだろうか。

だが、その願望を口にはしない。

どれだけ星那のグレアに蕩かされようとも、これだけは絶対に守らなければいけないと、八雲はいつも自分に言い聞かせていた。

「クマ、もうほとんどなくなりましたね」

床に座る八雲の顔を見下ろしながら、星那が嬉しそうに言う。

さっきまで頭を撫でていた手で今度は頬に触れながら、間近で笑顔を向けてきた。

——心臓に悪い。

この将来有望すぎる美形にも、いまだに慣れない。

美人は三日で飽きるなんて言うが、絶対にあり得ないと思う。それとも、美人と美形は別枠なのだろうか。

「あ、そうだ。すっかり伝え忘れてしまってたんですけど」

「ん？」

「今日はプールにメンテナンスが入ってて使えないんです。だから、練習はなしになりました」

何を言われるのかと思えば、そんなことだった。

「そっか。なら仕方ないな」

「……うう｜、残念です」

「残念って。星那はもう別に練習しなくても泳げるようになっただろ？」

この二ヶ月の間に、星那は見違えるぐらい泳げるようになっていた。クロールだけでなく平泳ぎと背泳ぎ、バタフライまで完璧なフォームで泳ぐことができる。

そんな星那に、八雲から教えられることはもうなさそうだった。

「泳げるようにはなりましたけど、八雲さんと一緒に過ごせる時間が少なくなっちゃうのは……残念なので」

星那の元気が急になくなってしまった。

八雲の前では笑顔でいることが多いのに、きゅっと唇を噛みしめたまま俯いて、つんつんと八雲の肩を指先でつついてくる。

ふと、さっきツリーの隣で見せた寂しげな横顔を思い出していた。

「……なら、一緒に散歩にでも行くか？」

思わず、そんなことを口にしていた。

「あ、でも難しいなら――」

「行きます!!　行きたいです!!」

八雲が発言を撤回する前に、星那が前のめりで同意してきた。その顔は必死そのものだ。

「あー……でもおれ、この辺のことあんまり知らないんだった」

「俺が案内します！　駅前はどうですか？　あそこなら素敵なカフェもありますし。由汰さんか蓮司さんに車を出してもらうので、少し待っててください!!」

「あ…………行っちゃった」

引き止める前に、星那はリビングから駆け出していってしまった。

迂闊な提案だっただろうか。

でも、あんな風に残念そうにしている星那を一人、放って帰る気にはなれなかった。

星那は物わかりのいい子だ。八雲が『帰る』と言えば、我がままなんて言わずに笑顔で送り出してくれただろう。

でも、寂しいと思っていないわけがない。

残念と口にしたのは、星那の精一杯の我がままだったのかもしれない。そう思ったのだ。

「……もっと、してほしいことを言ってくれたらいいのに」

星那には助けられてばかりだ。

自分も何かできるなら、星那に恩返しがしたい。

星那の笑顔がもっと見たい——そんな気持ちが八雲の内側で膨らみ続けていた。


——でも……これは、ちょっと想定外だったかも。

星那に連れてこられたカフェは、八雲には分不相応な格式ある店だった。

景塚家があるのは、都内でも有名な高級住宅街。その近くにあるカフェが八雲が普段使っているような店ではないことに、もっと早く気づくべきだった。

入り口には〔登録有形文化財〕と書かれた銘板とともに、この建物の歴史が綴《つづ》られたプレートが一緒に飾られていた。築一〇〇年を超える木造の洋館をそのまま使用したカフェ。元は玄関であった入り口をくぐってすぐ左手にある大広間と、庭に面したガラス張りのサンルームが一般向けにカフェとして開放されている。

八雲たちはサンルームのほうに通された。

他にも客はいるが、皆、大広間のほうの席を利用しているので、八雲たちの周りに人はいない。

ゆったりと過ごせそうではあったが、あまりに場違いすぎる雰囲気に、八雲としては落ち着かない気持ちのほうが大きかった。

「八雲さん、何にしますか？」

ウェイターからメニューを受け取った星那が、八雲が見やすいようにページを開きながら聞いてくる。こういった紳士のような振る舞いは、いったい誰に習うのだろう。あの父親だろうか。

「……あー……どうしよっかな」

メニューに目を通して、八雲は一瞬息を呑んだ。

バレないように誤魔化したつもりだが、星那は気づいていないだろうか。ちらりと視線だけで正面を見たが、星那はメニューに夢中で八雲の反応には気づいていないようだった。

「ミルクレープがすごく美味しいんですよ。あ、これです」

星那がメニューを指さす。写真のミルクレープは確かに美味しそうではあったが、八雲の視線が注がれていたのはそこではなく、その下にある文字だった。

——セット……二千七百円。

庶民の価格ではない。ドリンクだけ頼んだとしても、千円は軽く超える。もはやランチのレベルだ。

八雲は宙に視線を泳がせる。

思い出そうとしていたのは、自分の財布に入っている紙幣の枚数だった。

——たぶん、足りる……はず。

自信はない。そもそも、財布の残り金額を気にして生活していなかった。

それは裕福だからという意味ではなく、外食や買い物の機会が極端に少ないため、財布の中身をいちいち確認する必要がなかったという意味だ。

――まずったかな。

このセットを二人分頼めば六千円が必要になる。

ギリギリ足りるかどうか、極めて怪しいラインだ。

「八雲さん？　どれにするか決まりましたか？」

「あ……じゃあ、さっきので……」

ついうっかり、そう答えてしまった。

「飲み物はどうしますか？」

「……紅茶がいいんだけど……種類がよくわかんないから、星那に任せていい？」

「わかりました！　任せてください！」

星那がすぐにウェイターを呼んで、八雲の分も纏めて注文してくれる。星那も八雲と同じ、ミルクレープのセットを頼んでいた。

――財布の中身、確認しとくか。

幸い、八雲たちの席の周りに他の客はいない。

座席も窓に対して横を向いている配置なので、フロアに対して背を向けるように身体を捻れば、財布の中身を確認していても、誰にも気づかれることはないだろう。

星那にはバレてしまうかもしれないが、会計時にお金が足りなくて恥をかかせてしまうよりはいい。

八雲はこそこそと鞄から財布を取り出した。

机の下に隠すようにして、中に入っている札の枚数を数える。

「……あ」

足りた。本当にギリギリだ。九死に一生を得るというのは、まさにこのことだろう。

念のためもう一度数えてから、安堵にほっと胸を撫で下ろす。

「あ！　それ」

八雲が何をしているのか気になったのか、星那が八雲の手元を確認して声を上げた。

「えっと、これは」

誤魔化そうとしたが、うまく言葉が思いつかない。

今さら隠すほうが恥ずかしい気がして、八雲は手に持っていた財布をテーブルの上に置く。

「すごく素敵なお財布ですね。内側の革の色がとっても綺麗です!!」

「あ……うん」

星那は八雲が財布を持っていた理由には気づいていない様子だった。

それよりもそのデザインが気に入ったらしく、テーブルの向こうから身体を乗り出すように八雲の財布に顔を近づけてくる。

「手に取って見てみる？」

「いいんですか?!　見たいです！」

「どうぞ」

財布を手渡すと、星那は嬉しそうに八雲の財布を眺め始めた。

「内側の革、一色じゃなくて継《つ》ぎ接《は》ぎになってるんですね。すごい……」

「おれもそれに一目惚れしたんだ。全体は赤系の組み合わせなんだけど、この一色だけ鮮やかな青色が使われてるだろ？　それが痺れるぐらいかっこよくてさ」

八雲は珍しく饒舌《じょうぜつ》になっていた。

ファッションには疎《うと》い八雲だが、鞄や財布、時計といった小物を集めるのは好きだった。

有名なブランドものより、個人アーティストの作った一点ものに惹かれる傾向があるらしく、変わったデザインの小物をいくつもコレクションしている。

その中でもこの財布は今、一番のお気に入りだった。

「かっこいいですね。いいなぁ……おしゃれで」

「星那もそういうの好き？」

「はいっ！　大好きです!!　でも……今使ってる財布はとても子供っぽいので」

——小学生なんだから、子供っぽくていいのでは？

そう思ったが、口には出さなかった。

背伸びしたい年頃だというのはわかる。

八雲も親に初めて買ってもらったバリバリッと音のする財布が恥ずかしくてたまらなかった時期があった。友達の持っている大人っぽくてかっこいい財布に憧れたものだ。

もしかしたら、今こういうものを集めてしまうのは、その頃の憧れをまだ引きずってしまっているからかもしれない。

「星那、こういうかっこいい財布似合いそうだよね」

「そうですか？　だったらいいなぁ……」

嬉しそうにはにかんだ星那が、満足した様子で財布を八雲に返す。ちょうど、二人の頼んだミルクレープがテーブルに運ばれてきた。

†

「で？　この三ヶ月の間ずっと、金持ちの子と一緒にプレイをしてる、と……何それ、やばくない？」

「別に、やばくはないと思うけど……」

その三日後、八雲《やくも》は仕事帰りの恵斗《けいと》と一緒に食事をすることになった。

恵斗と会うのはプレイバーに出掛けて以来、約三ヶ月ぶりだった。

年の瀬に近い今の時期、恵斗の仕事はかなり忙しいらしく「飲まなきゃ、やってらんない」と急に誘いのメールを飛ばしてきたのだ。

ちなみに今日はあのバーではなく、恵斗が前から気に入っているという個室居酒屋だった。和風モダンな内装の店はとてもおしゃれで、いかにも恵斗が好きそうな店だ。

個室はそれぞれ襖《ふすま》で仕切られているので、居酒屋だが賑《にぎ》やかすぎる雰囲気ではない。

隣の個室から気配と話し声はするものの、何を話しているのかわからないぐらいの音量でしか聞こえてこなかった。

これぐらいのほうが、居心地がいい。

「しかも、その相手は八雲がピンチのときに助けてくれた子だなんて……ドラマよりもドラマチックすぎる」

「うん……おれもそう思う」

「なんで、八雲がそんな運命的な出会いを果たしちゃうかなー……神さまってば不公平」

「そっちはその間、Ｄｏｍをとっかえひっかえしてたって聞いたけど？」

「人聞きが悪いなー。たった三人じゃん」

「……三ヶ月で、三人」

恵斗は相変わらずの移り気のようだった。

呆《あき》れすぎて何も言えなくなったので、手元のメニューに視線を落とす。

この店のメニューは鶏を使ったものが多かった。おすすめが焼き鳥ということもあって、炭火焼きのいい香りがどこからか漂ってきている。この匂いだけでも、白飯がかなり進みそうだ。

二人が向かい合って座るテーブルの上には、ジョッキが二つ並んで置かれていた。

恵斗の前に置かれているのはビール、八雲の前にあるのは烏龍茶だ。

前に比べて不安症の症状はかなりよくなっていたが、いまだに薬が手放せない八雲にとってアルコールは厳禁だった。

別にすごく飲みたいとも思わないが、恵斗のように美味しそうに飲んでいる人を目の前にすると、少し味を確かめてみたい気持ちになることはある。

「それにしても、グレアの練習相手ねぇ？　まさか、あの八雲にそんな相手ができるなんて、全然思ってなかったよ」

「おれもだよ。こんなことになるなんて、全然思ってなかったし。星那《せな》——そのＤｏｍの子は、もうだいぶグレアを出すコツを摑んできたみたいなんだけど……まだまだ、おれ以外ではうまくいかないみたいで」

「で、八雲のほうも、その子のグレアなら過敏症の発作が出ないわけだ……はー、やっぱりそれって運命なのでは？」

「……揶揄《からか》うなよ」

「揶揄うでしょ!!　っていうか羨《うらや》ましい!!　何その、最高すぎる巡り合わせ!!」

バンバンと机を叩きながら叫んだ恵斗が、その勢いのままジョッキを呷《あお》る。

半分ほど入っていたビールを一気に飲み干して、すぐさま店員におかわりを頼んだ。

八雲はちまちまと烏龍茶を口に運ぶ。

確かに恵斗の言うとおりだった。星那との出会いは運命的すぎる。

今まではどんな弱いグレアでも――なんならＤｏｍに近づくだけで体調が悪くなっていたのに、星那のグレアからはその気配すら一度も感じたことがなかった。

それだけで、奇跡のような出来事だ。

「プレイは簡単なのだけ？」

「当たり前だろ。Ｄｏｍっていっても、星那はまだ小学生なんだから……無理だろ、簡単なのしか」

「まー、それはそっか。そんな子供相手に『叩いてほしい』なんて言えないよねぇ」

「まず、そんな願望もないからな」

Ｄｏｍであろうと星那はまだ小学生だ。無茶な要求なんてできるわけがない。

それにＳｕｂだからといって、必ずしも乱暴に扱われるのが好きというわけではなかった。

Ｄｏｍに跪《ひざまず》くというイメージからそんな風に思われがちだが、八雲にそういった願望はない。跪きたいとは思う——命令されたいとも。

それがどこから来る感情なのかは考えてもわからなかったが、Ｓｕｂの本能なのだといわれれば納得して受け入れるしかない。

だが、それとこれとは別だ。

欲望のままに求めるなんて真似、星那相手にできるはずがない。

「でも、結構気に入ってるんでしょ？　その星那くんのこと。貢《みつ》いじゃうぐらいだもんねぇ」

「べ、別に貢いでなんか」

「その財布、安いもんじゃないでしょ？　前に自分用に買ってたとき、八雲が『奮発《ふんぱつ》した‼』って珍しくはしゃいでたの覚えてるもん。それを小学生のクリスマスプレゼントにねぇ」

恵斗がニヤニヤと笑いながら指さしたのは、八雲の後ろにある小さな紙袋だ。星那のために今日買ってきたクリスマスプレゼントだった。

中身は先日、星那が気に入っていた八雲の財布とお揃いの財布だ。

内側に使われている革の色の組み合わせだけは違っていたが、それ以外は全く同じものだった。

恵斗が指摘したとおり、確かにかなり奮発したプレゼントだ。だがこれには、星那への感謝の気持ちもこもっている。

八雲にとって、特別な贈り物だった。

「ま、いい関係が築けてるのならいいよね。ほんっと、羨ましいなぁ」

「……まあ、それは……間違いないけど」

「クマだって、かなり薄くなったしさ。気持ちにも余裕が出てきたんじゃない？」

「それはすごく実感してるかな。なんかこのあたりにずっとあったモヤモヤも全然なくなったし」

そう言いながら、八雲は自分の胸を手のひらでさする。

今まではそれが当たり前すぎて意識もしていなかったが、ずっと胃のあたりに重く感じていたモヤモヤが、最近ではすっかりなくなっていた。体質的に胃がもたれやすいのだと思っていたが、ああいうのも全部、不安症から来る症状だったらしい。

「顔色もいいし、身体つきも変わったよね。太ったというより筋肉がついた？」

「星那に泳ぎを教えるついでにおれも泳がせてもらってるから、それでじゃないかな」

「ここまで健康的な八雲って、初めて見るかも」

「おれも。ここまで身体が軽いのはいつぶりか、わかんないぐらいだし」

「ずっと、不健康の塊《かたまり》みたいだったもんね」

「……そんな風に思ってたのかよ」

「ちゃんと人の顔を見て話せるようにもなったし、いろいろいい効果が出てるんじゃない？」

恵斗は揶揄うようにそう言いながら、つまみの枝豆に手を伸ばす。

八雲も先ほど運ばれてきた月見つくねの卵黄を箸先で割った。とろりとあふれた卵黄を絡めたつくねを、一口大に切って口へと運ぶ。

「う、ま……」

景塚《けいづか》家で振る舞われる食事のおかげで、最近はかなり舌が肥えている八雲だったが、この月見つくねの味には唸《うな》ってしまった。

恵斗のおすすめメニューというだけあって、ものすごく美味しい。

語彙力が完全に死滅した八雲は、目をぱちぱちと何度も瞬かせた。

「それ絶品だよねぇ。毎回、外せないもん」

こくこくと頷《うなず》いて、残りはかなり大きく切って食べ進める。肉の弾力を楽しむなら、大きめに切ったほうがいいと最初の一口で気づいたからだ。

八雲が最後の一口を放り込んだところで、恵斗が何か思い出したようにポンッと手を叩いた。

「そうだ。景塚って名前に聞き覚えがあって、ずっと気になってたんだけど……もしかして、星那くんって景プロの社長令息なんじゃない？」

「ん……景プロ？」

「景塚プロダクション、芸能事務所だよ。かなり大手だったはず……社長がまだ三十代だって、前に何かで読んだんだよね。あそこの社長なら八雲が言うような、大豪邸に住んでるっていうのも頷けるっていうか——あ、ほらこの人、違う？」

恵斗がスマホを手早く操作して、画面を八雲のほうに差し出してくる。

そこに映っていたのは紛れもなく星那父の顔だった。写真の下には「若きカリスマ、景塚プロダクションの社長に迫る」なんていう煽《あお》り文句までついている。

「あ、その人だ。へえ……有名芸能プロダクションの社長さんだったのか」

「驚きが少ないよね、八雲って」

「すごい人だろうなとは思ってたし……家がめちゃくちゃでかいから、軽く想像はできたっていうか」

「それでも自分で調べたりしようとしないんだもんね。そういうとこ、無頓着っていうか」

「……いいだろ、別に」

「ま、そこが八雲の魅力でもあるよね。人畜無害って感じがさ」

「……バカにしてんだろ」

「してないってー」

でも、それだけ大手の芸能プロダクションの社長だというのなら、多忙というのも頷けた。

星那父とは最初に家に招かれた日以降、ほとんど顔を合わせていない。星那の話によると、どうやら家にもあまり帰ってきていないようだった。

星那母も同様だ。

三ヶ月間も毎週末、家にお邪魔しているのに、こちらはまだ一度も顔を合わせたことがない。

両親ともに忙しくしている星那の面倒を見ているのは、主にＳｕｂの二人だった。

彼らにもブランド代表としての仕事があったが、その仕事のほとんどを景塚家の離れで行っているので、時間の自由が利くらしい。

二人の仕事が忙しいときには、外部のお手伝いさんが来るのだと星那が前に教えてくれた。

「そういえば、パートナーの由汰《ゆた》と蓮司《れんじ》って名前にも聞き覚えあったから、確認がてら調べたんだよ。ブランドやってるって言ってたから、たぶん間違いないと思うんだけど」

今、ちょうど思い出していた名前を恵斗が口にした。

自分も月見つくねを食べながら、机の上に置いたスマホを片手で操作している。

「恵斗ってブランドとか詳しいもんな」

「いや、でも僕の趣味じゃないよ？　Ｓｕｂ界隈《かいわい》で彼らが有名ってだけ……あ、ほらこれ」

箸を置き、再び八雲に向かってスマホの画面を突き出す。

「なんだ、これ――」

見せられた画像に、八雲は目を丸くした。

スライドショーのように変わっていく画像はすべて衝撃的でセンシティブなものばかりだ。

ぽかんと口を開けたまま、呆然《ぼうぜん》と画面を見つめる。

「八雲ー、大丈夫？」

ぶんぶんと目の前で手を振られ、八雲はハッと意識を取り戻した。完全に放心状態だった。

「八雲くんには、やっぱりちょっと、刺激が強すぎたかな？」

「それって……服じゃない、よな？」

「服だって。ちょっと特殊だけど。ボンデージってやつなんだよ、この二人が作ってるのは」

ぴたりと身体に沿う、革製の拘束具。細いベルトを幾重にも重ねたものや、胸から下のくびれを強調するコルセットのようなものまで――裸よりも卑猥《ひわい》に身体を装飾し、官能を誘うようなものばかりがそこには映し出されていた。

「……ボンデージ」

「そう。DomやSubの中にも、こういうのが好きな人はいるからね。需要はあるんだと思うけど……僕はあんまり好きじゃないかなぁ」

「嘘だろ……マジかよ」

衝撃の事実に八雲は頭を抱えた。

文字どおり、両手で自分の頭を抱え、ぐしゃぐしゃと髪を掻き回す。

そのまま、机に突っ伏した。

「ちょっと、八雲。どうしたの？」

「ショーのモデル……やるって言っちゃった」

「え？　モデルって、八雲が？　この二人のブランドの？　こういうの着るの？　マジで？」

「だって！　こんなのだって知らなかったし……二人はまだ普通っぽい服着てたから、あんな感じの服なら大丈夫かなって」

それだって、別に軽い気持ちで引き受けたわけではない。

返事に散々悩んだ挙句、本当は断ろうと思っていたのに——そのとき、一緒にいた星那が「見たい」と言ったのだ。

『八雲さん、すごく似合うと思いますよ。俺も見てみたいです』

——あれ、星那は二人の作ってるのがこういうものだって知ってて……？　いや、違うよな。おれと同じ勘違いをしてたんだよな？

頭の中はすでに大パニックだ。

次、二人に会ったときに、うまく断れないだろうか——いや、絶対に無理だ。

蓮司はともかく、由汰を言いくるめられる気がしない。脳内でいろいろシミュレートしてみたものの、勢いで押し切られる未来しか想像できなかった。

「ああ……くそ………」

テンパった頭を冷やすため八雲はジョッキに手を伸ばし、ぐいっとその中身を呷る。

「あ、そっちはさっき僕が頼んだウーロンハイ——」

カッと喉に熱さを感じたのとほぼ同時に、慌てる恵斗の声が耳に届いた。

幸いなことに飲んでいた安定剤が前よりも弱かったおかげで、アルコールを摂取しても八雲の気分がそこまで悪くなることはなかった。

恵斗がすぐに気づいて、水をたくさん飲ませてくれたおかげもあるのだろう。

「もー、気をつけなよ」

「……ん」

「八雲、もしかして酔ってる?」

恵斗の質問に八雲は、くてんと首を傾げた。酔っているのかどうか、自分ではよくわからない。

ほわんとした、なんだか心地よい気分ではある。

星那のグレアを浴びているときとちょっとだけ似ている気がしたが、それよりも少し身体がだるくてなんだか眠かった。

「ちょっと、ここで寝ないでよ?」

「……うん……わかってる」

「あー、これ完全にだめなやつじゃん。ほら、もう店出るんだから、ちゃんと自分で立ってって」

恵斗に腕を引かれて店を出る。先に呼んでおいたタクシーに無理やり乗せられ、うとうとしている間に自宅マンション前に到着した。

「無事帰宅しました……と」

恵斗にそうメッセージを送って、八雲は自室のベッドに腰を下ろした。

まだ少しアルコールの影響は残っている感じだが、飲んだ直後ほどではない。

タクシーに乗る前に恵斗から渡されたペットボトルの水を一気に流し込んで、短く息を吐き出す。

そのままベッドに、ごろりと仰向けに寝転がった。

「――お酒って、こんな感じなのか」

まともに飲酒をしたのは、これが初めてだった。

やっぱりまだ、普通の状態とは違う気がする。

気持ち悪さなどはないが、身体の中心がずっとポカポカしているような感じだ。

短時間だがタクシーの中で眠ったおかげで眠気はマシになっていたが、まだ少しふわふわとした気持ちよさが残っている。

何も考えずにぼんやり天井を眺めていると、ぶぅんと短くスマホが震えた。

恵斗からの返信だった。

こちらを気遣うメッセージに「ありがとう」と可愛いイラストがついたスタンプを送り返す。

既読がついたのを確認してからトークアプリを閉じ、スマホを枕の横に置いた。

「このまま、寝るかぁ……」

急ぎでやるような仕事はない。

メールの確認も明日の朝でいいだろう。

このまま、ふわふわとした眠気に意識を預けてしまえば、いつもよりもぐっすり眠れるような気がする。八雲は横向きに寝返りを打つと、目の前にあった布団を抱きしめるように自分のほうへと引き寄せる。

背中を丸めて布団に顔をうずめると、そのまま吸い込まれるように目を閉じた。


「──……八雲さんって、こういうのが好きなんですか？」

「ん、……ぅ」

耳元で星那が囁いている。八雲は今、星那の足元に跪いていた。

問われたことに答えようとしても、口を塞ぐ何かのせいでうまく言葉にできない。

喉の奥で八雲が小さく呻《うめ》くと、楽しそうに笑った星那の声が鼓膜を揺らした。

触れた吐息がくすぐったさだけではない感覚を伝えてくる。八雲はひくりと身体を震わせた。

「気持ちよさそうですね。こんな格好をさせられて、八雲さんは嬉しいんですか？」

その問いと一緒に、今度はグレアが放たれる気配がする。

唯一、八雲を蕩《とろ》かすことのできる星那のグレアだ。

一瞬ぞくりと悪寒が走った後、身体の内側からどんどんと気持ちよさが込み上げてくる。

たまらなさに腰を左右に揺らすと、ぎちりと革同士が擦れる音が耳に届いた。

どうしてそんな音が聞こえるのか、わからない。理性を奪いにかかってくる強いグレアのおかげで、八雲の思考能力はほとんど失われてしまっていた。

グレアのこもった瞳で自分を見下ろす星那だけが、今は八雲のすべてだ。

早く命令が欲しい、支配されたい──そのことだけで頭はいっぱいになっている。

じゃらりと鎖が重たい音を立てる。

八雲の首輪から伸びる鎖を、星那が引いた音だった。

「ほら、八雲さんも《見てください《Look》》。とっても素敵でしょう?」

正座を崩したような体勢で、星那のほうに身体を引き寄せられる。

左側に星那の体温を感じながらコマンドで命令されたとおり、八雲は星那が指さした方向を見た。

一瞬、別の誰かがいるのかと思って慌てたが、そうではない。

八雲の視線の先にあったのは、大きな鏡だった。

そこに、自分と星那が映っているのだ。

鏡に映し出された自分の姿を見て、八雲は驚きに目を見開く。自分が今、身につけているのが居酒屋で恵斗に見せられた、あのボンデージ衣装そのままだったからだ。

「ぅ……んッ」

「八雲さんの身体にぴったりですね。絶対に似合うと思ってました」

首輪から伸びる細い革ベルトが八雲の全身を卑猥に装飾している。鎖骨から脇を通って背中に回るベルトのせいで、胸がいつもよりひどく強調されて見えた。

つんと尖った先端も、まるで誘っているようにしか見えない。

赤く尖ったそこを星那が無言で見つめているのが、鏡越しに知れた。

「すごく綺麗です」

うっとりとした星那の声に、ぞくりと身体が震える。

込み上げる欲を誤魔化《ごまか》すように首を横に振っていると、星那の細くて柔らかい指が八雲の素肌を撫でた。

肩から胸元へ、するすると指を滑らされる。

「ふ、ぅ……んッ」

どれだけだめだと思っていても、触れられれば身体は素直に反応する。

ぞくぞくとした気持ちよさと熱が、八雲の気持ちとは関係なく、中心に集まっていくのを感じる。

星那に触れられて発情するなんて——そんなことはいけないと思えば思うほど、高まっていく自分の身体の反応が信じられなかった。

「……気持ちいいんでしょう？　素直になってください、八雲さん」

グレアが強くなったのがわかった。

一気に理性が奪われる。

星那の腕の中で、びくびくっと一際身体が大きく震えた瞬間——八雲は目を覚ました。


「…………なんだよ、これ」

すべて夢オチであってほしかったのに、目が覚めても八雲の身体は高まったままだった。夢の中で達したと思ったのに、八雲の中心はまだ硬く張り詰めている。

放っておいても静まりそうにない昂《たか》ぶりに、八雲はおそるおそる手を伸ばした。そのまま指を絡め、擦り上げれば、頭の先から足先まで痺れるような気持ちよさが駆け抜ける。

すぐにでも、達してしまいそうだった。

「……あ、はぁ……ン」

直前まで見ていた夢のせいか、それとも初めて飲んだ酒のせいか——八雲の頭はすぐに快楽に塗りつぶされた。

夢で与えてもらった星那のグレアの気持ちよさを身体がまだ覚えている。同じく夢で聞いた、あのうっとりとする星那の声を思い出しながら、八雲は腹筋を小刻みに震わせた。

『——イってください、八雲さん』

「んぁあぁ……ッ」

一瞬で達していた。吐き出された大量の白濁が手を汚す。

それと一緒にすべての欲を吐き出し終えれば、急に冷静さが戻ってきた。

八雲は、さぁっと青ざめる。

襲い掛かってきた罪悪感に、胃がキリキリと痛むのを感じた。

†

「もう……明日なのか」

明日は十二月二十四日、クリスマスイブだ。

八雲は、景塚家のクリスマスパーティーに参加することになっていた。

星那から家族だけの集まりだと聞いていたので自分は関係ないと思っていたのに——そう考えていたのは八雲だけで、星那も星那の両親もＳｕｂの二人も、当然のように八雲を頭数に入れていた。

誘われれば、行かないわけにはいかない。

それでも気が重いことには変わりなく、先週末は星那とのグレア練習も仕事が忙しいのを言い訳にして休んでしまった。

忙しいのは嘘ではない——が、本当でもない。

この忙しさは八雲が無理やり作り出したものだった。

美東《びとう》に言って、無理やり急ぎでもない仕事を大量に詰め込んでもらったのだ。

そのおかげでこの十日間は星那に出会う前と同じぐらい、仕事漬けの日々を送っている。

睡眠時間も最低限で働き続けているせいで、寝不足が原因のクマが八雲の目の下に復活していた。

でも、そうやって仕事に没頭していれば余計なことを考えずに済む。先日酔ったときに見た夢も、その後にしてしまった最低な行為も——簡単に忘れられるものではなかったが。

忘れられないからこそ、自分を痛めつけるような真似を繰り返す。

これも一種の自傷行為だった。

「……星那に、どんな顔して会えっていうんだよ」

本当にとんでもないことをしてしまった。

おかしな夢を見たせいとはいえ、星那であんなことをしてしまうなんて。酔っていたからだと割り切ってしまえればよかったが、そんな風には考えられそうにない。

そもそも、あんな夢を見た理由は——いや、そのことは深く考えるべきではないだろう。

デスクの上に肘をつき、頭を抱える。

「……やっぱり、行きたくないな」

ぽつりと本音がこぼれた。

星那がクリスマスパーティーを楽しみにしているのは知っている。その気持ちに水を差したいわけではない。でも今は、合わせる顔がないという気持ちのほうが大きかった。

「…………行くけどさ」

八雲の勝手な事情で、星那をがっかりさせたくはない。

星那は何も悪くないのだ。

「景塚さんと会うのも久しぶりだもんな……」

星那父と会うのは、もういつぶりかわからないぐらい久しぶりだった。

星那母とは、これが初めての対面になる。

それをすっぽかす勇気なんてない。

八雲はのろりと顔を上げると、視線をクローゼットのほうに向けた。そこには先日、恵斗に頼んで見繕ってもらった服が吊り下げられている。

こんな自分でも少しはまともに見える服が欲しい、とリクエストしておいたのだ。

パーティーとはいえ、家族だけの集まりなのでいつもの服装で問題ないと言われていたが、そういうわけにもいかない。髪だって、先日美容室に行って整えてもらってあった。

恵斗が八雲のために選んでくれた服は、白のタートルネックニットに落ち着いたカーキグレイのチェック柄のジャケット。パンツはシンプルな濃いグレーのものを合わせてあった。

それだけでなく、コートやマフラーといった防寒具まで、きちんとコーディネートされている。どの服の素材も手触りがよく、質のよさが窺える代物《しろもの》だった。

「……なんか、恵斗にも悪いな」

こんなに張り切って用意してもらったのに、それを見ても気乗りがしないなんて。

朝になったら向こうの都合で、パーティー自体が中止になっていたりしないだろうか――なんて、自分勝手なことを考えてしまう。

――きっと、そんなことは起きないけど。

溜め息を一つ、吐き出す。

いつもより早い時間にアラームをセットして、八雲はベッドに横になった。


「プレゼント、よし……っと」

景塚家に一番近い駅で迎えの車を待ちながら、八雲は手に持った紙袋の中身をチェックする。

これまでほとんどの週末を景塚家で過ごしていたが、今日はやはり気分が違った。自分の服装や髪型もいつもと違うせいか、変な緊張感がある。

「八雲っちー!!」

ロータリーの向こうから、八雲の名前を大声で呼んだのは由汰だ。

車の助手席の窓から身体を乗り出しながら、ぶんぶんと大きく手を振っている。

少し会わない間にあちらも美容室に行ったのか、赤色だった髪が鮮やかなオレンジへと変化を遂げていた。

髪型がマッシュボブなのは変わらない。

あれは由汰のトレードマークなのだろう。

「ごめんごめん。先に寄ってきたケーキ屋さんが思いのほか混んでてさ。遅くなっちゃった」

「いえ、大丈夫です」

「ほーら、後ろ乗ってよ。もう一軒、お店に寄るから付き合ってね」

どうやら八雲の迎えついでに、買い出しも済ませてしまうようだ。

全部、今日のパーティーの準備だろうか。

後部座席に乗り込むと、奥の座席にケーキが置かれているのに気がついた。

抱えるほどのサイズがある、かなり大きめの箱だ。ほんのりと香ってくるクリームとフルーツの甘い香りに、なんだか懐かしい気持ちになる。

「おはよう。八雲くん」

運転席から、蓮司が声を掛けてきた。

目つきが鋭く、黙っていれば少し怖い印象のある蓮司だったが、口を開くとおっとりしていてギャップがある。目を細めて笑う表情も穏やかで、実はかなり癒し系だ。

「八雲くんって、甘いのは平気？」

「あ、はい。大丈夫です」

「よかった。そこのケーキ絶品だから、ぜひ八雲くんにも食べてほしくって」

八雲に向かってそう言って微笑んだ後、蓮司は前を向き直し、車を発進させた。代わりに助手席に座っている由汰が、こちらを振り返る。

「ねぇねぇ。八雲っちの持ってるそれって、星那っちへのクリスマスプレゼント？」

由汰がそう言って指さしたのは、八雲の持っている紙袋だった。

目敏く見つけて聞いてくるあたりが、由汰らしい。

「そうです。前に星那がおれの財布を見て、羨ましがってたのを思い出して……プレゼントにちょうどいいかなって」

「へぇ、珍しいね。星那っちがそんな風に人が持ってるもの見て、羨ましがるなんて」

「そうなんですか？」

「だよー。ちっちゃいときから、そうなんだけどさ。星那っちって、自分の欲しいものとか聞いても絶対言わないし。そういうとこ、全然子供っぽくなかったっていうか」

それは八雲もそう思う。星那にはもっと我がままを言ってほしい、と感じることが多かった。

「八雲っちには、かなり気を許してるんだと思うよ。二人一緒にいるときの星那っち、いつもオレたちといるときとは雰囲気が違ってたもん」

初めて聞くことばかりだった。由汰から、そんな風に見られていたなんて。

周りから見てわかるほど、星那が自分に対して気を許してくれていたことに嬉しさを覚えた反面、またあのキリキリと胃を直接締め上げるかのような罪悪感が込み上げてくる。

そんなにも自分を慕ってくれていた星那で、あんなことをするつもりはなかったのに——結果として、八雲は星那を汚してしまった。

それは紛れもない事実だった。

車が静かに停車した。

寄ると話していた店に着いたらしい。助手席に乗っていた由汰が一人で車を降りていく。

車内に蓮司と二人きりになった。

「……あのさ、八雲くん。何か気にかかることでもあるの？」

途中から八雲が浮かない表情をしていることに気づいていたのだろう。蓮司がこちらの顔色を窺いながら話しかけてきた。

優しさで聞いてくれているのは伝わってくるが、八雲が抱えているものは、簡単に誰かに話せることではない。返事に困って俯いていると、蓮司が小さく息を吐き出したのが聞こえた。

「もしかして、モデルのことで悩んでる？」

「……え？　……あっ！」

一瞬、なんの話かわからなかったが、すぐに由汰に頼まれたモデルの件のことだと気づく。

「あれ、違ったの？　由汰と話した後に黙り込んだから、てっきりそのことだと思ったのに」

星那のことばかりに悩んでいて、モデルを頼まれていたことをすっかり忘れていた。

あんな夢を見てしまった元凶だというのに。

「い、いえ……そのことも、あります」

「そのことも？」

「いや、そのことです」

「？」

蓮司は腑《ふ》に落ちない様子だが、もう一つの悩みを素直に打ち明けるわけにもいかない。

八雲は話題をそちらに逸らすことにした。

それに、今ならモデルの話を断れるかもしれない。

由汰は八雲にモデルの件を持ち掛けてきた張本人、由汰は今ちょうど席を外していた。

八雲にモデルに使うことにかなり乗り気だったが、蓮司は意見が違うのかもしれない。

一縷《いちる》の望みを持って、八雲は運転席に座る蓮司のほうに身を乗り出す。

「モデルの話、なんですけど……やっぱり、おれには無理なんじゃないかって思ってて」

「やっぱり、乗り気じゃなかったんだ？」

「というか、その……おれ、お二人が作ってるもののことをあんまりちゃんと知らないまま、話を受けてしまって」

「そんな気がしてたよ。受けてくれたって由汰から聞いて、八雲くんらしくないなって思ったから」

蓮司はちゃんと八雲の話を聞いてくれた。

これなら本当に断れるかもしれない。うんうん、と大きく頷きながら、蓮司の話を聞く。

「でもね……今から断るのは無理だと思う」

「え……!?」

いけると思ったのに――続いた言葉に、八雲は一気に突き放された気分だった。

期待を一瞬で打ち砕かれ、言葉も出てこない。

「うちのメインデザイナーって由汰なんだ。由汰の調子がいいとすごくいいものができるんだよ。現に八雲くんがモデルを引き受けるって言ってくれてから、かなりいいものができててさ。だから今はその集中力を切らしたくない気持ちのほうが大きくてね」

「は、はぁ……」

――これは本当に無理かもしれない。

蓮司の口調はいつもと変わらずおっとりしているが、割り込む隙はない。少なくとも、八雲はこのまま押し切られてしまいそうな雰囲気だった。

「だから、俺からも八雲くんにお願いしたいんだ。ぜひ、俺たちのブランドのモデルを引き受けてほしい」

だめ押しだった。話はちゃんと聞いてくれたが、断らせてくれる空気ではない。

蓮司も八雲にモデルを引き受けさせたいと思っているようにしか見えなかった。

「……あの、これって……写真とか、映像に残ったりとかって」

「それは絶対にないよ。今回は限定顧客へのプロモーションだからね。特別感を持たせるために撮影機器の持ち込みを禁止してるんだ」

「それと……露出をできるだけ少なくしてもらう……とか、無理ですか？」

「んー……それは俺から約束することはできないけど、善処するようにするよ」

それなら大丈夫とは決して言えなかったが、もう後戻りはできそうにない。

「わかりました……やります」

「ありがとう!!」

項垂《うなだ》れたまま呟いた八雲の言葉に、蓮司が明るい声を響かせる。

反対に八雲は、絶望的な気持ちだった。


「八雲さん、いらっしゃい!!」

勢いよく駆け寄ってきた星那に、八雲は一瞬反応が遅れた。

右手には星那へのプレゼントが入った袋、左手には先ほど立ち寄った店で由汰が受け取ってきた惣菜が入った紙袋をそれぞれ持っている。

それらが星那にぶつかってしまうことだけは辛うじて避けたが、八雲に抱きついてくる星那を避けることはできなかった。

すぐ目の前で星那の髪が揺れている。

いつの間にか意識せずとも嗅ぎ分けられるようになってしまった、優しい花の香りがする星那のシャンプーの匂いが、八雲の鼻をくすぐった。

「こらー、星那っち。八雲っちが持ってたのがケーキだったら大惨事だぞ」

「わあっ、ごめんなさい。八雲さんが見えたから嬉しくて、つい」

由汰が隣から星那の頭を軽く叩く。

怒られてようやく八雲の両手が塞がっていることに気づいたらしく、星那が慌てた様子で八雲から離れた。

「八雲さんも、ごめんなさい」

「いいよ。大丈夫」

「荷物、持ちましょうか？」

「平気だよ。そこまで重いものじゃないし」

星那の顔がまっすぐ見られない。

八雲は目を逸らしたまま、星那の申し出を断った。

そのまま横を通り過ぎようとしたが、ふと寂しげな表情を浮かべる星那に気づいて立ち止まる。

「えっと……メリークリスマス、星那」

「あ！　メリークリスマスです！　八雲さんと一緒にクリスマスが過ごせて嬉しいです」

八雲の言葉に、星那が歯を見せて笑った。目尻を下げ、へにゃりと緩ませた表情は、いつにも増して浮かれているように見える。

キラキラと可愛らしい星那の顔を見て、八雲はさらに罪悪感に苛《さいな》まれていた。

――こんなにも、慕ってくれてるのに。

そんな星那を相手に、自分はなんてことを。

夢や想像とはいえ、星那であんなことをしてしまった罪悪感にまた胸のあたりが痛み始める。

「……じゃあ、この荷物置いてくるから」

「あ、はい！」

短く断って、星那の横をすり抜ける。

早足でダイニングに向かう自分の背中を、星那が怪訝《けげん》な表情で見つめていることに、八雲は全く気づいていなかった。

「あら、もしかして八雲くんかしら」

ダイニングに入るなり、聞き慣れない声に名前を呼ばれ、八雲はぴたりと動きを止めた。

ゆっくりと視線を声のほうへ向ける。

いつも使っている木製のダイニングテーブルの傍《そば》に長身の女性が立っていた。

立っているだけで視線を引きつける綺麗な立ち姿の美人だ。

着ているものはシンプルなワンピースだが、品の良いデザインのそれがよく似合っていた。

波打つ淡いブラウンの髪は緩く一つに纏められ、片方に流されている。しゃらりと揺れたピアスが光を撥《は》ね返し、上品に輝いていた。

その人はどうやらテーブルの飾りつけの最中のようだった。優雅な手つきで持っていた花をテーブルの花瓶にいけた後、改めてじっと八雲のほうを見つめてくる。

「もしかして、星那くんの」

「母のユリナです。初めまして」

頭を下げる動作も優雅だ。

八雲も慌てて、星那母に向かって頭を下げた。

こちらはテンパっているのが丸わかりの動作しかできなかったが、人見知りなので仕方がない。

「あの、城戸《きど》八雲です。その……いつもお世話になっております」

まるで、入社したての新入社員が初めて営業に来たときのような挨拶《あいさつ》になってしまった。

星那母がふふ、と笑いをこぼす。

「そんなにかしこまらないで。ああ、気分は悪くないかしら。グレア過敏症だって聞いていたけれど。私からグレアは出ていない？」

――そういえば、この人もＤｏｍだった。

慌てて顔を上げる。

じっと星那母のほうを見たが、Ｄｏｍに会ったとき特有の気持ち悪さは感じなかった。

近づけばどうかはわからないが、少なくともこの距離なら大丈夫そうだ。

「平気そうです……すみません。お手数をおかけしてしまって」

「ふふ、大丈夫よ。グレアって出しているつもりがなくても少量は出ていることがあるっていうから、それだけが心配だったの。もし気分が悪くなるようなことがあったら、遠慮せずに教えてね」

「……はい」

――この人も、いいＤｏｍだ。

星那の親なのだから嫌なＤｏｍではないだろうとは思っていたが、本当にいい人そうな雰囲気に八雲は胸を撫で下ろす。

星那母の前でも、ようやく緊張を解くことができた。

「あの、料理はどこに置いたらいいですか？」

「由汰に頼んだ分ね。奥のキッチンに運んでおいてくれる？」

「わかりました」

ぺこりと頭を下げ、八雲は料理の入った紙袋を持ってキッチンへと向かう。

景塚家のキッチンはダイニングから少し離れたところにあった。入ってきた扉ではなく、部屋の奥側にある扉から出て、短い廊下を進む。

その突き当たりがキッチンだった。

「……ん？」

キッチンのほうから物音が聞こえた。どうやら誰かがいるようだ。

そういえば、いい匂いも漂ってきている。

買ってきた料理とは別に、誰かが料理を作っているのかもしれない。

――星那のお父さんかな？

星那父が料理をする人なのは、前に手料理を振る舞ってもらったから知っている。それにまだ姿を見ていないのも星那父だけだった。

八雲は特に深く考えずに廊下を進む。

キッチンの入り口のすぐ手前まで来て、中から聞こえてきた声に驚いて立ち止まった。

「蓮司、《跪きなさい《Kneel》》」

低い声のコマンド――星那父の声だ。グレアの気配もする。

一気に込み上げた気持ち悪さに手が震え始めた。ふらつきながら一歩後ろに下がると、八雲の手首を誰かの手が摑む。

「八雲さん、こっちです」

後ろから聞こえたのは、星那の声だった。

星那は八雲の手から料理の入った紙袋を奪い取ると、キッチンの入り口近くにそれを置く。

空いた八雲の手を引いて、キッチンとは反対側に向かって歩き始めた。

だが、ダイニングには戻らず、途中にあった勝手口から外に出る。そこには庭園とは別にある中庭を望む小さなウッドデッキが広がっていた。

「星那、なんで……」

――玄関で別れたはずなのに、どうしてここに？

そう聞きたかったが、呼吸が乱れてうまく言葉が続かなかった。

まだ震えたままの手で、吐き気の止まらない口元を押さえる。身体も震え始めていた。

「八雲さんの様子がおかしかったのが気になって……すみません。勝手に後をついて回ったりして」

すべて口にしなくても、星那は八雲の疑問を汲《く》みとって答えてくれた。

謝罪した後、下から覗《のぞ》き込むように八雲の顔を見る。

「八雲さん、俺の目……見れますか？」

「星那、それは……」

「グレアを上書きしたほうが、きっと早く楽になると思うので」

返事をするより先にグレアの気配を感じた。

星那の目から放たれたグレアが、さっきまでの気持ち悪さを一瞬で掻き消していく。

この三ヶ月の練習のおかげで、星那はかなりスムーズにグレアを出せるようになっていた。

水泳と同じで、もう練習なんて必要ないと感じるぐらいだ。

「ん、ぁ……」

八雲の身体は条件反射のように、星那のグレアにすぐに蕩けてしまう。

気持ちよさに思わず声が漏れた。

「八雲さん、《そこに座ってください《Sit》》」

コマンドまで与えられた。

足元に跪くＫｎｅｅｌではないのは、八雲の体調を考えてくれているからだろうか。

コマンドに従うように、すぐ後ろにあった二人掛けのベンチに腰を下ろす。正面に立った星那が優しい手つきで八雲の頭を撫でた。

「《いい子です《Good》》。ちゃんと命令が守れましたね、八雲さん」

褒められると、さらに思考が蕩けた。

気持ち悪さはもう感じていない。逆に気持ちよすぎて、どうしようもなかった。

星那の手に頭を擦り寄せていると、そのまま星那の細い両腕に抱きしめられる。ぎゅっと身体を密着され、蕩けていた思考が一気に覚醒《かくせい》した。

「――っ、せな？」

「このほうが落ち着きませんか？」

髪から香るものと違う、爽やかな星那の香りを感じて、鼓動がとくりと跳ねる。

あんな夢を見たからだろうか。

星那のことを変に意識してしまっている気がする。

――これじゃ、落ち着くどころか……。

また少し強くなったグレアに身体が震えてしまう。

腰が前後にひくんと揺れた。

「もう、グレアは……」

「だめです。もっと……俺に支配されてください」

耳元で囁かれた声に、どうやっても逆らえそうになかった。


パーティーが始まる前、八雲は星那父と蓮司から揃って謝罪を受けた。

別に二人が悪いわけではなく、八雲のタイミングが悪かっただけなのに。それでも二人は誠心誠意、八雲に対して頭を下げてくれた。

「申し訳ない。君が来ているのに、軽率な行動を取るべきではなかったな」

「八雲くん、本当にごめん」

「いえ、そんな……もう大丈夫なので」

そこまでされると逆に申し訳なかった。

二人はそれぞれ自分の会社を持つ代表という立場の人間なのに、そんな二人がしがないプログラマーである自分にこんな風に頭を下げるなんて。

景塚家に関わる人は、誰も八雲が悪いとは言わない。

ずっと「こんな体質の自分が悪いのだ」と思わされることばかりだったのに、この家の人は誰も八雲を責めなかった。

それが居心地がよいこともあれば、たまにどうしようもなく逃げ出したくなるときもある。

今はどちらかといえば、後者だった。

「八雲さん？　大丈夫ですか？」

「……ああ、ごめん」

今はまだ、クリスマスパーティーの最中だ。

食事を終え、今からクリスマスケーキが運ばれてくるところだった。手伝うために席を立とうとしたが、星那母と由汰に断られてしまった。

八雲の隣にはいつもどおり、星那が座っている。

食事をしている間、八雲は隣にいる星那の顔を見ることができなかった。

――早く、帰りたい。

どうにも落ち着かない気持ちに、そんなことばかりを考えてしまう。

そんな風に八雲が考えているとは気づいていないはずなのに、星那はずっと気遣うように八雲に話を振ってくれていた。

子供に気を遣わせるなんて最低だ。そう思って精一杯、いつもどおりの表情を浮かべているつもりではいたが、それだってちゃんとできている自信はなかった。

「わあ、すごい。見てください、八雲さん！」

運ばれてきたケーキを見て、星那が嬉しそうに声を弾ませる。

それでもやっぱり、八雲は星那のほうを見ることはできなかった。

「ねえ、八雲っち。星那っちとなんかあった？」

「え……？」

パーティーから帰る前、八雲は由汰に呼び止められた。一緒に来てほしいと連れてこられたのは、由汰と蓮司の居住スペースである景塚家の離れだ。

景塚家にはもう何度も訪れていたが、この家に来るのはこれが初めてだった。

「……いえ、別に何も」

「別にって顔じゃないでしょ、それ」

八雲は振る舞われた紅茶に口をつけつつ、なんとか誤魔化そうとしたが、由汰は納得していない様子だった。

それもそうだろう。

今日一日、自分が星那に対して変に意識してしまったことは、八雲自身も自覚がある。

でも、その理由は誰にも言いたくなかった。

「まあ、いいけどさ……って、オレの用事はこれじゃなかったんだ。ちょっと待っててー」

「?」

由汰はそう言うと、一旦リビングから出ていってしまった。

今、蓮司はこの家にいないので、リビングにいるのは八雲一人きりだ。

何気なく、由汰と蓮司が生活する部屋の中を見回す。

景塚家のリビングとは違い、こちらは八雲にも馴染《なじ》みのある普通の一軒家のリビングだった。広さも普通と変わらないので、景塚家にいるときのような緊張感は少ない。

「……あれって、トロフィーかな」

ふと、テレビのすぐ隣に何かが並べて飾られていることに気がついた。

金色の盾のようなものや、ガラス製のオブジェのようなものが、かなり雑多に置かれている。

八雲はおもむろに立ち上がると、それに近づいてみた。やはりトロフィーだ。

置かれているトロフィーにはすべて〔YR〕というロゴが刻まれている。

「ああ、それ。いろいろ貰った賞のやつ」

「すみません。勝手に見てて」

「いいよ。そこに並んでるのがブランドので、あっちに飾ってあるのが、オレと蓮司が個人で貰ったやつ」

「……本当だ。あっちにも」

由汰の指さした先にはガラスケースがあり、そこにも同じようなトロフィーと盾が仕舞われていた。

こちらもかなりの数だ。

飾っているというよりは、適当に並べているようにしか見えないほどの量がある。

ぽかんとそれらを眺めていると、「そんなことより、こっち来て」と由汰が先ほどのソファーのほうへ八雲を呼んだ。

「……それって、もしかして」

「そう。八雲っちにモデルとして着てもらうやつ。採寸もせずに作ったから、ちょっと確認しておきたくて。ごめんねー、クリスマスパーティーにお呼ばれしたのに、そのついでで」

別にそれは構わなかったが、心の準備ぐらいさせてほしかった。

今日、車の中で蓮司に言われるまで忘れていたが、星那のことに次いで、このモデルの件は八雲の悩みの種なのだ。

少し和《やわ》らいでいた胃の痛みが、また復活してきたような気がする。

「元から露出は少なめだから安心してよ。星那っちが見ても問題ないレベルにしてあるって」

「え……」

「星那っちに、あんまりオレらの作ってるものを見せちゃいけないってのは、わかってるんだけどさ。あの年代の子供っていろいろ興味津々じゃん？　オレとしては隠しすぎるのもよくないって思うんだよね。だから、全年齢のボンデージっていうの？　今回はそれにチャレンジしてみました」

――全年齢の、ボンデージ？

そんな二つの単語がうまく組み合わさるものなのだろうか。

由汰は自慢げに手に持ったものをこちらに見せびらかそうとしてくるが、八雲としては微妙な気持ちだ。

「座って、座って。説明するから」

「……説明って」

「いいから。聞いてよ」

由汰の説明は、そこから一時間ほど続いた。


「……本当に、疲れた」

自宅に帰ってきて、八雲が真っ先に向かったのはベッドだ。脱いだコートを適当に椅子に引っ掛けて、着替えもせずにそのままごろりと横になった。

いろいろあった。本当に――いろいろだ。まだどれも頭の整理がついていない。

でも、何をどこからどう考えればいいのかすら、わからないままだった。

仕事のことなら、どんな複雑なコードでも綺麗に読みやすく纏められるのに、こういうことは本当に苦手だ。

自分の気持ちや相手の気持ち、そういうことを考えていると途端に頭がぐるぐると回り始める。

「……いい子すぎるんだよ、星那は」

八雲の手渡したプレゼントに、星那は今日一番の笑顔を見せてくれた。

その顔をあまり直視はできなかったが、それでも印象に残るほど、星那は八雲の渡したプレゼントに大喜びだった。

『大事にしますね』と言った星那の弾んだ声も、しっかり耳に残っている。

――でも、それより。

『もっと……俺に支配されてください』

そう耳元で囁かれた声が忘れられなかった。

与えられたグレアを思い出すと、身体が震えそうになる。

「だめだろ。こんなの……」

自分の内側からあふれてくるＳｕｂの欲を、これ以上意識したくない。

傍にあった布団に頭から潜《もぐ》り込み、八雲はぎゅっと身体を縮こまらせた。

†

クリスマスパーティーから一ヶ月が経った。

八雲は星那のことを、あからさまに避けていた。

年末年始は実家に帰るのだと嘘をつき、星那との練習をまたしてもサボった。

すでに星那はグレアの練習を必要としないほど、上手に扱えるようになっている。

八雲は元々薬さえ飲めば、そこまでＤｏｍの支配を必要としない体質だったので、こうして期間を空けることに大きな問題はなかった。

年始の休暇の間に一度ぐらいは景塚家に顔を出しておこうと考えてはいたが、結局それもできなかった。そうしているうちに短納期の仕事がいくつか重なって入ってきたこともあり、もう丸一ヶ月、星那とは会っていない。

星那父と連絡だけは取っていたが、景塚家との繋がりといえばそれだけだった。

八雲の体調を心配する星那父からのメッセージには、たまに星那の言葉も添えられている。

それを見るたび、八雲の胸はつきりと鋭い痛みを発するようになっていた。


その週末、八雲は由汰から呼び出され、久しぶりに景塚家を訪れていた——といっても、八雲が訪ねたのは離れのほうだ。

「星那っち、寂しがってるよ？」

「………」

「ずっと避けてるんでしょ？　まあ、八雲っちの気持ちもわからなくはないけどさ」

詳しい話は一切していないのに、由汰は何かに気づいているのだろうか。

そんなことを呟きながら、八雲の身体にベルトを巻きつけたり、外したり――何かを確認しているようだ。由汰はメモにいくつか数字を書き込んだ後、少し慌ただしく部屋の端に置いてあるミシンのほうへと向かっていった。

「――すみません。いろいろギリギリに」

「いいって。ショー前が修羅場《しゅらば》なのはいつものことだし。八雲っちが忙しかったたっていうのも嘘じゃないんでしょ？　目の下のクマ、最近じゃかなりよくなってたのにさ――ねえ、それの原因って寝不足？」

「それを言ったら、由汰さんだって」

笑顔で鋭い指摘をしてきた由汰の目元にも、八雲と同じぐらいくっきりとクマが浮かんでいた。

「オレのは半々。寝不足もあるけど、プレイ不足も相当キてるからなー」

そう言って苦笑しつつ、ミシンを動かし始めた。

工業用のミシンは家庭用のものと比べて、振動も音も半端ではない。ミシンを動かしている間、会話をするのは難しそうだった。

それに無駄話を振って、ショーの準備を進めている由汰の作業の邪魔になっても困る。

八雲がモデルとして手伝うことになっているショーは、もう明日に迫っていた。

――プレイ不足って……同じ敷地内に住んでても、そんなことになるのか。

景塚家の人たちならそうなる前にきちんとケアしてくれそうなのに、みんな忙しかったのだろうか。

自分のことよりも由汰のことが心配になってくる。

「あ、八雲くんが勘違いする前に言っとくけど、これわざとだから」

「え？」

「ショーが成功したらいっぱい褒めてもらおうと思って、わざと溜めてあんの」

一度ミシンを止めた由汰が、自分の目の下のクマを指さしながら、そう付け加える。

にっと悪い顔で笑った後、八雲の返答を待たずにまたミシンを動かし始めた。


「よっしゃ、できたー」

一時間もしないうちに、作業はすべて終わったようだった。

完成した服をトルソーに飾りつけて、由汰は満足そうに眺めている。八雲はあえてそれを見ないように、視線を窓の外へと向けた。

「ところで、聞くか聞かないか悩んでたんだけど」

「なんですか？」

「……やっぱり、八雲っちが星那っち避けてるのって、今、月也《つきや》さんと星那っちがバトってるのと関係があるんだよね？」

「――？」

月也というのが、星那父の名前だと気づくのに少し時間がかかった。

そういえば最初に貰った名刺にもきちんと書いてあったし、その後、居酒屋で恵斗に見せてもらった記事にもそんな名前が書かれていた気がする。

——星那父と星那がバトル……？

八雲が星那を避けている理由は、クリスマスパーティー前の気まずい出来事のせいだ。

それ以外に理由はない。

「バトルって、何かあったんですか？」

「あー……もしかして、違った系？　オレ、もしかしなくても余計なこと言った？」

「教えてください。それって、おれと関係あることなんですか？」

由汰はぽりぽりと頬を掻き、気まずそうな表情を浮かべた。詳細を話したくないのだろう。

だが、八雲も今回は食い下がることにした。聞いておかなければいけないような気がしたからだ。

なんだか、嫌な予感がした。

「あーいやね………なんか、星那っちが先生から留学を勧められてたらしくてさ。年明けからそのことで、二人がめっちゃバトルしてんの」

「……留学？」

「そう、留学。その話をさ、星那っちが月也さんに相談もせずに勝手に断ったらしいんだよ。それであの二人が言い争ってるってわけ。まあ、月也さんが星那っちに厳しいのはいつものことなんだけどね。今回は珍しく星那っちがそれに反抗しててね」

——星那が、留学する？

寝耳に水だった。二人が今、そんなことになっているのもだ。

八雲に送られてくるメッセージでは、二人ともいつもと変わらない様子だった。

先週送られてきたメッセージにも星那の言葉が添えられていたし、まさかそんなことになっているとは想像もしていなかった。

「――星那が、留学を断った理由って」

「まー、たぶん……八雲っちが考えてる理由で正解な気がするよ」

――おれが、いるから？

星那ならばそう考えると容易に想像がついた。

今も、八雲がグレア過敏症を発症せずに受け入れられるグレアは、星那のものだけだ。

星那の練習相手をしている間も何人か他のＤｏｍに会う機会があったが、近づくだけで気持ち悪くなる感覚は変わらない。八雲の過敏症は相変わらずのようだった。

それは八雲の不安症が悪化するのを防げるのが、星那だけだと言っているようなものだ。星那もそれに気づいているからこそ、八雲のために留学を断っているのだろう。

「……おれのことなんて、いいのに」

「星那っちは絶対、そう考えないだろうね。Ｄｏｍって元々そういうとこあるし……何より星那っちはあの二人の子供だからね。ホンット、ほっとけないんだろうなー、Ｓｕｂのこと」

由汰はどことなく含みを持たせた言い方だったが、今はそれを気に掛けている余裕はなかった。

――おれが、星那の足枷になってる。

そのことだけで、八雲の頭の中はいっぱいだった。

学校から留学を勧められるぐらいだ。星那はＤｏｍの中でも、かなり優秀なほうなのだろう。

そんな未来ある星那の可能性を奪いたくない。

自分なんかのために、星那の選択肢を狭めてほしくはなかった。

――どうやったら星那を説得できるだろう。

星那があぁ見えて、結構頑固なことは知っている。

今、こうして父親と正面からぶつかっているのだって、きっと星那自身が自分の考えを曲げないと決めているからだろう。

――おれが、なんとかしなくちゃ。

八雲から、星那の手を離させるべきだ。

そうしなければ、星那が前に進むことはない。

ずっと、どうにかして八雲の傍にいてくれようとするに決まっている。

――それはだめだ。それだけは……。

「八雲っち。ちょっと、あんま思いつめないでよ？」

「……おれ、今日はもう帰ります。明日は約束の時間どおりに来るので」

「あ、ちょっと。八雲っち！」

由汰が必死で引き止める声が後ろから聞こえる。それでも、八雲は振り返ることはしなかった。

†

由汰と蓮司が主催するブランドイベントはホテルの宴会場を貸し切って行われていた。客は招待のみ、由汰と蓮司が厳選したお得意さまだけだと聞いている。

撮影機器などは事前に受付で回収されているので、盗撮や流出などの心配はない。

それにもし何かあったとしても、星那父が責任を持ってなんとかすると言ってくれていたので、八雲も安心してショーに参加していた。

「やーくも！」

ショーが終わり一息ついていると、後ろから急に声を掛けられた。

この場所で八雲の名前を知っているのは、主催である由汰と蓮司、あとは共同出資者である星那父ぐらいのはずなのに。

その誰とも違う声に驚いて振り返る。

「……っ、ちょ、え……恵斗、なんで」

立っていたのは、恵斗だった。

恵斗は、ぴたりと身体に沿って仕立てられた千鳥柄のスリーピーススーツに身を包んでいた。

フォーマルな格好に合わせて、いつもはふわふわとさせている髪も今日はきっちりと撫でつけている。掛けている眼鏡は伊達《だて》だろうか。フレームをくいっと持ち上げながら、八雲のほうを見て、にやにやと笑っていた。

「えっへへ。友達がここのお得意さまでさ、招待されてるって言うから、パートナーとして一緒に連れてきてもらっちゃった！」

「は？　聞いてないし……っていうか、見るな！」

「今さら遅いって。ショーだって見てたんだからさ。ほらぁ、隠すな隠すな」

「え、待て……ショーも？」

「そりゃね。メインイベントなんだから」

――まさか招待客の同伴者に、恵斗が混ざってたなんて。

全く気づいていなかった。

ショーの間は緊張で、他のことを考える余裕なんてなかったからだ。

「八雲の衣装、ボンデージにしては案外普通だったから『あれ？』って思ったけど、こうして近くで見るとやっぱり、えっちだねぇ……でも、この程度だったら僕もちょっと興味あるかも」

「だから、じろじろ見るなって！」

「今の時間って、そういう時間でしょ？」

確かに、恵斗の言うことに間違いはなかった。

今はショーの後のフリータイムだ。

立食形式のパーティー会場には客とモデルが混ざって談笑している。

衣装を近くで見たり、着心地をモデル自身に確認したりするのが、このフリータイムの目的らしい。

たまに由汰と蓮司の姿も見かける。しかし、デザイナーに直接声を掛けたい参加者は多いらしく、すぐに人に囲まれてしまうため、八雲は二人に近づくことすらできなかった。

「そういえば、『会場内でグレアを感知した場合は即退場です』って、めちゃくちゃ入り口で厳しく言われたんだけど、あれってやっぱり八雲のため？」

「……らしい。そこまでしてくれると思ってなかったんだけど」

「いい人たちだね。ちょっと心配してたんだけど……よかったじゃん」

恵斗の手が、ぽんぽんと八雲の肩に触れる。

一応、恵斗は八雲の心配もしてくれていたらしい。

じっと八雲の顔を下から見上げてから、安心したように目を細めて笑う。その言葉に、八雲もこくりと頷いた。

「とーこーろーで。やっぱすごいね。この服」

「っ……なんだよ、急に」

「いやさ、黒のシースルー素材とかってあからさまな感じがしてあんまり好みじゃなかったんだけど、使い方次第なんだなって思って。あ、このコルセットって重ねて着てるの？　わぁ……脇の編み上げ、めっちゃ細かいじゃん、すごいね」

「……ちょ、っと！」

恵斗は急にスイッチが入ったようだった。

じろじろと八雲の衣装を観察しながら、早口でまくし立てる。

「パンツは革？　めっちゃぴったりだけど、動きにくくないの？　アシメのデザインってなんかくすぐられるよね。あ、サイドライン部分も編み上げてあるんだ、すごぉい。このパンツはちょっと欲しいかも。可愛い」

「申し訳ございません、お客さま。モデルには触れないでいただけますか？」

「あ」

八雲の衣装に夢中になっていた恵斗に、そう声を掛けてきたのは星那父だった。

物腰は柔らかいが、その視線はまっすぐ恵斗を射貫《いぬ》いている。

「あ、えっと。恵斗はおれの友達で」

「それでも、他のお客さまに勘違いされて大変なのは、八雲くんだろう？」

「……あ、はい。すみません」

慌てて二人の間に入ったものの、今度は八雲が叱られてしまった。

星那父の言っていることはもっともだ。これを見た客が勘違いをして、他のモデルに触れたりしたら問題になってしまう。

「すみません。僕も夢中になっちゃって」

「いえ。由汰と蓮司の作品は素晴らしいですからね。その気持ちはわかります」

「本当に素敵です。正直ボンデージにそこまで興味はなかったんですけど、こうやって見ると芸術的なよさもあるんだなって。ショーの演出にもちょっと感動しちゃいました」

「そうおっしゃっていただけて光栄です。ぜひ、ごゆっくりなさっていってください」

「はい」

二人とも態度がよそ行きだ。これが大人の対応というやつなのだろうか。

隣で見ている八雲のほうが、むずがゆくて落ち着かない気持ちになってくる。

「八雲くん」

「はいっ」

こちらを振り返った星那父にいきなり名前を呼ばれて、思いっきり声が裏返ってしまった。

「そろそろ抜けてもらって大丈夫だ。今回は由汰が無理を言って悪かったな」

「あ……いえ」

「控室までの道のりはわかるか？　案内したほうがいいならそうするが」

「大丈夫です。舞台袖から行けばいいんですよね？」

「ああ」

会場の中はショーの前にきっちり案内してもらったので問題ない。

忙しそうな星那父にわざわざ案内を頼むほうが気が引けた。

恵斗のほうを見ると、ひらひらとこちらに向かって手を振っている。こちらももう相手をしなくて大丈夫だということだろう。

二人に向かってぺこりと頭を下げ、その場を離れる。

本当は星那父に会ったら話したいことがあったのだが、それも今のタイミングでは無理だろう。落ち着いた頃にまた連絡を取り合えばいい。

――ええっと、こっちでよかったよな？

他の客に捕まらないように、早足で舞台袖を目指す。

無事、客に見えないところまで辿り着き、ほっと一息ついた八雲の手を誰かが摑んだ。

「お疲れさまです。八雲さん」

そう言って、八雲の顔を横から覗き込んできたのは星那だった。

「え……星那。なんでここに」

いくら由汰が用意してくれた八雲の衣装がそこまで破廉恥《はれんち》ではないといっても、この会場に小学生の星那がいていいはずがない。

八雲は慌てて、周りを確認する。

近くに星那が見て問題ありそうなものが見当たらないことに、ひとまず胸を撫で下ろした。

「さっき、蓮司さんにこっそり裏から入れてもらったんです。心配しなくても、見ちゃいけないものは見てませんよ」

「……でも、ここにいるのだって」

この場所だって、いつ他のモデルがやってくるかわからない。

星那は大丈夫だと言ったが、八雲は気が気ではなかった。

由汰が『全年齢ボンデージ』と言っていたとおり、八雲の衣装の露出度はかなり低い。隠れるべき箇所はすべて隠れているし、ボンデージらしさは薄い。

だが、他のモデルの着ているものは違う。

見るからにボンデージ、という破廉恥な衣装に身を包んだモデルのほうが明らかに多かった。

「とりあえず……おれの控室に行こう」

「はいっ」

星那と二人きりになることに思うところはあったが、今はこんな場所に星那をうろつかせておきたくない気持ちのほうが強い。

一方的に摑まれていた星那の手を一旦ほどき、八雲のほうから星那の手を握り直す。無意識の行動だったが、繋いだ手を見て嬉しそうに笑う星那に気づいて、八雲の胸はまた鋭く痛んだ。

「まだ、心の準備もできてないって……」

無事誰とも会わずに控室に到着した八雲はすぐさま、部屋の奥に備えつけてある、鍵付きの更衣スペースへと逃げ込んだ。

後ろから星那が呼び止める声が聞こえていたが、それはあえて無視をした。

速攻で衣装から普段着に着替えはしたものの、まだ更衣室の中から出られそうにない。

星那と面と向かって話をする心の準備はできていなかった。

「……どうしよ」

狭い更衣スペースの床に座り込む。膝を抱えるようにうずくまった。

八雲には、星那に会ったら実行しようと思っていたことがあった。だが、まさかこんなすぐにその機会が巡ってくるなんて。

先に星那父に話しておこうと思ったのに――さっき話せなかったことを今さらながら後悔する。

大きく息を吐き出しながら、八雲は着ている上着のポケットを探った。

その中から、ピルケースを取り出す。

「……やる、か？」

ピルケースの中に入っているのは、病院から処方されている安定剤だ。

それも最近飲んでいる弱い薬ではなく、星那と病院で出会う前――症状が一番ひどかった時期に服用していたものだ。

最後のほうはこの薬の出番がほぼなく、残りがずっと家にあったのを持ってきていた。

そのうち捨てようと思っていたこの薬の存在を思い出したのは、昨日のことだ。

由汰から星那の留学の話を聞き、どうにかして星那を説得できないかと考えたとき、一番に頭に浮かんだのがこの安定剤のことだった。

この薬はアルコールとの相性がものすごく悪い。

微量であってもアルコールを摂取した状態でこれを飲むと、途端に気分が悪くなってしまうらしい。

八雲も聞いた話でしかなかったが、昨日ネットで検索してみても同じような体験談がずらりと並んで出てきたので、きっと間違いないだろう。

——酒なら、さっきちょっと飲んだ。

ショーの後、フリータイムの開始の合図として乾杯をしたときだ。

八雲は手渡された小さなグラスに入った少量のシャンパンを口にしていた。かなり高級なものだったらしいが、酒に慣れていない八雲にはあまり美味しいものだとは思えなかった。

グラスの中身を飲み干したのだって、もったいない気がしたから——それだけだ。

「……あんな量でも、効果はあるのかな」

前にウーロンハイを一気したときのような、酔いの感覚はない。ふわふわとした感覚も、自分から酒臭さのようなものも感じていなかった。

この程度のアルコールでも副作用は出るのだろうか。

普通なら出てほしくないと思う副作用だが、今の八雲はその副作用を求めていた。

——星那の手を、離すため……。

薬を持った手が震えている。

怖いからではない。

星那を——あんな優しい子を騙《だま》すという行為への罪悪感から、八雲の手は震えているようだった。

「でも……星那父にも説得できないんだ。おれが話して、星那が納得するわけない」

それならば、騙すしかないと八雲は考えた。

気持ち悪くなったフリだけで、星那を騙すことはきっと難しい。

でも、本当に体調が悪くなれば……星那といえども、騙されてくれるだろう。

星那のグレアにも過敏症が出ると思わせることができればきっと、星那は八雲を傷つけまいとして、離れていってくれるはずだ。

——星那は、本当に優しい子だから。

それが八雲が悩んだ末に出した答えだった。

一晩中、悩みぬいて決めたことだ。

処方された薬をこんな風に使うなんて、主治医にバレたらまた怒鳴られるかもしれない。

そういえば、その怒鳴り声ももう随分長い間、聞いていない気がした。

——全部、星那のおかげだ。

あのとき、路地裏で星那が助けてくれたから——あの日の出会いから、八雲の生活は一変した。

八雲に初めて、Ｄｏｍに支配される喜びを教えてくれたのが星那だった。

あの心地よいグレアに蕩けて、すべてを預けてしまいたかった。

星那のコマンドにずっと支配されていたかった。

――でも、そんなことを望んじゃだめだ。

星那をこの場に縛りつけるなんて嫌だ。

本当に素敵なＤｏｍだから。星那はきっと、人間としてもっと大きくなれる。

その可能性を――自分が奪ってはいけない。

震える指で、錠剤を口に放り込む。

少しでも早く溶けるように奥歯で嚙みくだき、強引に飲み込んだ。

すぐに異変は感じなかった。

八雲は更衣スペースを出ると、机に置いてあったペットボトルの水を一口飲む。

口の中に残った薬の苦みを喉へと一気に流し込んだ。

冷たい水のはずなのに、カッと胃の中に熱のようなものを感じる。気のせいかもしれないが、これが副作用の前兆なのかもしれない。

「星那」

「なんですか？」

呼び掛けてみたものの、続く言葉は見つからなかった。首を傾げ、こちらを見上げてくる星那の顔をじっと見つめる。

美しい藍色の星那の大きな瞳。この目を正面から見られるのも、今日が最後かもしれない。

そう考えると、名残惜しい気がした。

「……目の下のクマ、また出てきちゃいましたね」

右腕を伸ばした星那が、何も言えずに固まっていた八雲の目の下にそっと指を滑らせた。

ちょうど、泣きぼくろがある位置だ。今まで気にしたこともなかったのに、星那がいつも触れるせいで覚えてしまった。

合いそうで合わない星那の視線に、もどかしい気持ちになる。

八雲のＳｕｂの本能は、Ｄｏｍを――星那を求めていた。

――気持ち悪く、なってきた……かも。

胃から感じる熱が増してきていた。

ときどき、身体がびくりと震える。内臓の痙攣《けいれん》から来る震えのようだった。

口の渇きを誤魔化すように口の中で舌を動かしながら、八雲は星那のほうを見る。

「グレアを……くれないか？」

「八雲さん？」

八雲からこんなことを言うのは初めてだった。おかしいと思われただろうか。

星那は一瞬首を傾げたが、すぐに目を細めて嬉しそうに笑う。

――ごめんな、星那。

グレアが放たれた。

あたたかい星那のグレアだ。

その感覚に、ひくりと八雲の身体が反応する。

支配される悦《よろこ》びにとろりと脳が蕩かされていく――いつもならそのはずだったのに、歓喜を覚えたのと同時に、ぐっと胃から熱いものが込み上げ、八雲は両手で自分の口を押さえた。

「――っ、八雲さん!?」

「う、ぐぅ……ッ」

うずくまって、気づけば床に胃の中のものを吐き出していた。

それも一度だけでは止まらない。何度も、何度も胃の中のものを床にぶちまける。

内臓を強く絞られるような嘔吐感は一瞬も堪《こら》えることはできなかった。吐くたびに体温は下がり、
ガタガタと全身が震え始める。

慌てた星那が控室のドアを開け、廊下に向かって何かを叫んでいる声が聞こえた。八雲に駆け寄らなかったのは、きっとこれが自分のグレアが引き起こした現象だと思っているからだ。

——それで、いい。

床に転がり、星那のほうを見る。

ぼろぼろと涙があふれてくる理由は、気持ち悪さのせいばかりではなかった。

慌てて部屋に駆け込んでくる蓮司の姿が見える。

大ごとになってしまったことが申し訳ない。

「……ごめん、な」

八雲はそのまま、真っ暗な世界に突き落とされた。


目を覚ますと、そこは病院のベッドの上だった。

柵付きの窓から見える景色には見覚えがある。いつも八雲が通院しているあの病院だ。

一人用の病室なのか、部屋の中には八雲以外に人の気配はなかった。

ゆっくりと身体を起こす。

それだけで少し息が切れるようだった。

病室の扉が開く気配に振り返ると、そこに立っていた星那父と目が合う。

「目が覚めたのか」

「………え、っと」

「あんなことをする前に私に相談してほしかった……というのが本音だが、君をそこまで追い詰めてしまったのは私にも責任がある。すまなかった」

部屋に入ってくるなり、いきなり頭を下げられた。

あんなことというのは間違いなく、八雲が星那にしたことだろう。

口ぶりからして、星那父は八雲がなぜあんなことをしたのか、気づいているようだった。

言葉が出てこない。ふるふると首を横に振ると、眩暈《めまい》のような症状が八雲を襲った。

「……無理して動くな」

気づいた星那父に窘《たしな》められる。その口調は、いつもより柔らかく感じた。

「……あの、星那は」

「大丈夫だ、君が心配するようなことはない。医師に口止めもしてあるし、君の症状も〔グレア過敏症〕だと思い込んでいる」

「そう、ですか……」

そこで話は途切れてしまった。

八雲の作戦は成功した。これは目論見《もくろみ》どおりだ。

だけど、こんなことは素直に喜べない。

八雲はもう一度、窓の外に視線を向ける。もやもやとした気持ちを誤魔化すために、細く息を吐き出したが、それだけではどうにもならなかった。

星那にひどい姿を見せてしまった。

きっと、たくさん心配もさせてしまっただろう。

気を失う前に見た星那の顔を思い出す。かなり困惑した表情だった。

それにあの悲痛な声も。

星那父は大丈夫だと言ったが、星那があんな状態の八雲を見て平然としていられるような人間でないことは、八雲自身が一番よくわかっていた。

——おれは、星那を傷つけたんだ。

恩を仇《あだ》で返してしまった。誰がなんと言ってくれようと、それは間違いない。

あんなに優しくしてくれたのに。

こんな自分のことを、星那はいつも一番に考えてくれていた。

そんな星那を傷つけてしまったことに、気持ちの落ち込みが止められそうにない。

「——医師を呼ぶか。長い時間、眠っていたんだ。先に診《み》てもらったほうがいい。それに少し不安症が出ているようだ」

「あ……」

無意識に腕を掻きむしってしまっていた。

どうやら、このもやもやとした気持ちは不安症の症状でもあったらしい。

「いつもの薬も止めているからな。そうなるのは仕方がない。少し待っていなさい。人を呼んでくる」

星那父はそう言うとナースコールを使わずに、一度病室を出ていってしまった。

八雲に気を遣ってくれたのだろう。

「……ごめん、星那」

涙が止まりそうになかった。

あれが最善だった。

ああするしかなかった。

そうだとわかっていても、八雲には後悔しかない。

——あれは、星那のために必要なことだった。

必死で自分に言い聞かせる。それでも胸の痛みはどうにもならない。

爪を立て、肌をどれだけ強く掻きむしっても、その痛みは誤魔化せそうになかった。

†

退院しても、すぐに元どおりの生活というわけにはいかなかった。

ショーの日からもう一ヶ月近く経つのに、八雲は仕事を休み続けていた。働くことが難しくなってしまったからだ。

アルコールと安定剤を一緒に飲んだ副作用を引きずっているわけではない。

これは、八雲自身のメンタルの問題だった。

「薬……飲むのもしんどいな」

心なしか、独り言も増えていた。

処方されている安定剤が強いものに変わったせいもあるのかもしれない。

新しい薬は前飲んでいた薬に比べて、感覚をぼんやりとさせる効果が強いらしく、飲むとあまり動けなくなってしまうのが難点だった。

そのせいもあって、ずっと働けないでいる。

こんな状態で、プログラマーの仕事が務まるわけがない。

「飲まなきゃ、だめだよなぁ……」

薬を飲まないなんていう選択肢がないのはわかっている。

八雲の不安症が悪化しているのは、誰の目にも一目瞭然なのだ。

本当ならすぐにでもＤｏｍの支配を受けるべきなのだろうが、八雲にはそれができない。

唯一、自分を預けられる相手――星那とも、今は会えるわけがなかった。

星那父からのメッセージは毎日届いている。

忙しい人のはずなのに、一日一回朝に必ず連絡をくれていた。

八雲の安否を確認するのが一番の目的なのだろうが、少しでも安心させようとしてくれているのが文面から伝わってくる。

そんな星那父からのメッセージにはいつも『星那は大丈夫だ』という一文が添えられていた。だが、星那本人からメッセージが届いたことは一度もない。

本当はまだ深く傷ついているのかもしれない。

そんな想像をせずにはいられない。

「……おれ、何してんだろ」

あの日から、落ち込んだままの気持ちが戻る気配はなかった。

自分から星那の手を離したことに後悔はないはずなのに、星那を傷つけてしまったことを八雲はずっと後悔し続けている。

できることなら、笑顔でその手を離したかった。

おれはもう大丈夫だから、と心の底から口にできていれば、それも違ったのかもしれない。

「離せるわけ、ないじゃん……」

Ｓｕｂとしての本能は、もう誤魔化しきれないほど膨らんでいた。

本能だけではない――もう、これは。

「……おれは、星那が好きなんだ」

認めるしかない本心だった。

相手は小学生なのに――八雲が星那に抱く思いは恋慕だ。

これはいけない気持ちなのだと、八雲自身もずっと認められずにいた。

認めてはいけないものなのだと思っていた。

でも、それも限界だった。自分自身を誤魔化し続けられるわけがない。

「……星那、もうすぐ行っちゃうんだっけ」

三日前に届いていたメッセージに、星那が出発する日時が添えられていた。行くのは小学校の卒業式が終わってからだと思っていたのに、どうやら前倒しで行くことに決めたらしい。

前もって語学の勉強をするためだとメッセージには書かれていたが、おそらくは星那の環境を少しでも早く変えてやるのが目的なのだろう。

物理的にも八雲と引き離すため——はっきりとそう書かれていたわけではないが、なんとなく想像はついていた。

「二日後、か」

スマホに表示された文字と、カレンダーを見比べる。

出発の日は二日後、空港の場所や飛行機の出発時間まで、メッセージには事細かに情報が綴られていた。

星那父はどういうつもりなのだろう。

こんなことを知らされても、見送りになんて行けるはずないのに。

今の八雲に、星那に合わせる顔なんてない。

——本当は、会いたい。

好きだという気持ちを素直に伝えることはできなくても、「行ってらっしゃい」と、その言葉ぐらいは伝えたかった。

頑張ってきてほしい、星那を応援していると。

その思いは届けたかったが、星那に会えばこの感情がどう暴走するかわからない。

——そもそも、おれに会う資格なんかない。

「…………寝よう」

薬が効いてきたのか、また頭がぼんやりとしてくる。

目を閉じると、すぐに意識は落ちていた。


二日後。

八雲は空港の展望デッキに一人でいた。

堂々と見送る勇気は結局最後まで出なかったが、星那の乗る飛行機ぐらいは見送りたいと、急な思いつきで空港までやってきたのだ。

電車とモノレールを乗り継いで、家からここまで一時間半。

こんな風に遠出をしたのは、いつぶりだろう。

昼に外出して日の光を浴びるのだって、随分と久しぶりな気がした。

「星那の飛行機、どれだったんだろ……」

八雲が想像していた以上に滑走路は広く、星那の乗る飛行機を見分けることはできなかった。

フェンス越しに十機以上の飛行機が飛び立つ瞬間を見送ったが、そのどれに星那が乗っていたかはわからない。

だが、星那が乗る飛行機の出発時間はもうとっくに過ぎている。

きっと、無事飛び立っていったはずだ。

「……一時間も、ここにいたのか」

空港に着いたのは、星那の飛行機が出発する時刻の三十分前だった。そんなにも長い時間、ただじっと飛行機を見つめていたなんて。

「不思議だよな……あんなに重たそうなのに、本当に空を飛ぶんだから」

八雲は今まで飛行機に乗ったことがない。

こんなにも間近で飛び立つところを見たのだって、これが初めてだった。

たくさんの人と荷物を載せた鉄の塊《かたまり》が宙に浮かぶ光景はなんだか不思議で、八雲は途中から目的も忘れて飛び立っていく飛行機をただぼんやりと眺めていた。

そのおかげで、少し気分転換ができた気もする。そろそろ帰ろうと、ずっと握りしめていたフェンスから手を離す。

振り返ろうとした瞬間だった。

「――八雲さん？」

「……っ」

後ろから聞こえた声に、八雲は動きを止めた。

その声が今、ここで聞こえるはずがない。

一気に頭が混乱して、身動きが取れなくなる。

――幻聴？

今日も処方されている薬を飲んでいる。

そのせいで幻聴を聞いたことはなかったが、今自分の身に起こっている出来事は、そうとしか考えられなかった。

「見送りに来てくれたんですね」

嬉しそうに弾む声は、間違いなく星那のものだ。

でも、そんなことはあり得ない。

星那父から聞かされていた出発時間はとうに過ぎているのに。

いったい何が起こっているのか、八雲には全く理解ができなかった。

ぎゅっともう一度、目の前のフェンスを握る。そうでもしないと、足元から崩れ落ちてしまいそうだったからだ。

後ろから足音が近づいてきていることに気づいていても、振り返ることはできなかった。

「――ッ」

八雲の手首を誰かが握った。

いや、この手の感触を八雲は知っている――間違えるはずがない。

「少し、付き合ってくれませんか？」

「星那……なんで、っ」

それ以上は言葉にならなかった。嗚咽《おえつ》が先に喉からあふれ出してしまったからだ。

星那が八雲の手を引いて歩き出す。

号泣している大人に、その手を引く子供。

周りの人にはどう見えているのだろう。それが気になっても、今は顔を上げられそうになかった。

伏せた視線の先に、前を歩く星那の後頭部が見える。

本物の星那だ。

どうして星那がここにいるのだろう。幻だろうか。自分は幻覚の星那に、手を引かれているのだろうか。

だけど――会えて嬉しい。

それだけは、誤魔化しようのない八雲の素直な気持ちだった。


空港内にこんな部屋があるなんて知らなかった。

星那に手を引かれるまま連れてこられたのは、VIPと書かれたエリアだった。その名称どおり、特別な人間しか入れない場所なのだろう。

星那父が星那のために用意したのだろうか。

そのVIPエリアの奥、いくつか用意されていた個室の一つに連れ込まれる。その部屋に他に人はおらず、星那と二人きり、部屋の真ん中で向かい合った。

まっすぐに八雲を見上げてくる星那の表情は優しい。

少し困ったように眉を下げながら、そっと八雲の頬に触れてきた。

「そんなに泣かないでください」

「……星那、なんで」

さっきから、同じ言葉しか出てこない。

でも、それが八雲の気持ちのすべてだった。

星那はその言葉を聞いて、小さく首を傾げる。

一度、ハッとした表情を浮かべた後、目を細めて笑った。

「もしかして、八雲さんも父さんに嘘を教えられたんですか？」

「……嘘？」

星那はこくりと頷くと、ポケットからチケットを取り出した。

それを八雲にも見えるように差し出す。

「これが本当の出発時間です」

「……この時間って、三時間後？」

「はい。俺も空港に着くまで知らなくて。なんで父さんはこんな嘘をついたんだろう、って思ってたんですけど……そういうことだったんですね」

星那はそう言って嬉しそうに笑っていたが、八雲はまだこの状況が理解できていなかった。

首を傾げながら、星那を見下ろす。ぼんやりとその顔を見つめていると、嬉しそうに破顔した星那が八雲の身体にしがみついてきた。

「ちょ、星那――ッ!?」

「会いたかったです。八雲さん。見送りはいらないって、みんなには言ったんですけど、八雲さんには来てほしかった」

そのまっすぐな言葉に、また涙があふれた。

もうこんなまっすぐな気持ちを星那から向けてもらえることはないと思ってたのに――夢でも見ているのだろうか。

八雲からも両腕を回して星那の身体を抱きしめる。

今の気持ちを自覚してから、そんな風に自分から星那に触れたのはこれが初めてだった。

しばらくそうやって抱き合って、どちらからともなく身体を離す。

射貫くようにこちらを見た星那の視線に、八雲の身体はひくりと反応した。

「……せ、な」

「やっぱりあれも嘘だったんですね……よかった」

星那の放ったグレアに、八雲は一瞬で蕩けていた。

まだコマンドも言われていないのに、その場にぺたんと座り込んでしまう。

そんな八雲の頭を、星那の小さな手が優しく撫でた。

嘘がバレてしまった焦りの気持ちもあるのに、星那のグレアと手のあたたかさに、どんどん何も考えられなくなっていく。困ったように星那を見上げると、はにかむように笑った星那がその場に膝をついて、八雲と目線を合わせた。

「あんな嘘をつかせてしまって、ごめんなさい」

「……っ、あれは」

「大丈夫です。ちゃんとわかってます。俺が未熟だったばっかりに八雲さんにつらい嘘をつかせてしまったんだって……だから、謝らせてください」

そう言って、こつりと額をぶつけてくる。

グレアはもう感じなかった。

「おれだって……星那を傷つけた」

「そうですね。でも、あれのおかげで目が覚めました。ちゃんと自覚できたんです。俺が今、本当にやるべきことを」

会わない間に、星那は変わったようだった。

前よりずっと大人びた表情を見せるようになった星那に、八雲の鼓動はとくりと跳ねる。

そんな八雲の動揺が伝わったのか、少し悪い顔で微笑んだ星那が、さっきとは逆の体勢で八雲のことを抱きしめた。星那の腕の中にすっぽりと収められてしまう。

細い腕に強い力で抱きしめられ、八雲はさらに動揺した。

押しつけられた胸から伝わってくる星那の心臓の音は、八雲の鼓動よりも速い。

その腕の中の心地よさを知ってしまえば、抜け出そうなんて思えるわけがなかった。

「でも、自分のやるべきことがわかっていても……しばらく、こうして八雲さんに触れられないことがつらいです」

八雲を抱きしめたまま、星那が呟きをこぼす。

その言葉に八雲は何も返せなかった。


搭乗手続きの開始を知らせるアナウンスを聞いて、二人で一緒に部屋を出た。

少量だったが久しぶりに浴びたグレアのせいで、八雲の頭はまだふわふわとしたままだ。足元がおぼつかないことを理由に、握った星那の手を離さずにいた。

星那も八雲の手を離そうとはしなかった。

八雲の手首には、先ほどまではなかった革製のブレスレットがつけられている。

細い革紐を幾重にも編んで作られたそのブレスレットは、さっき星那から贈られたものだった。

クリスマスプレゼントのお返しとして、星那が用意していたものらしい。

『本当はあの日、渡そうと思ってたんです』

そう話した星那は、つらそうに顔を歪めていた。

やはりあの日のことはまだ、星那も思い出したくないのだろう。

——次に会えるのは、いつなんだろう。

留学先や期間、内容を八雲は聞かされていなかった。

星那が次いつ日本に戻ってくるのかさえ、まだ聞けていない。今さらどう切り出せばいいのかも、わからないままだった。

もうすぐ検査ゲートというところで、星那が急に足を止める。

人がまばらな通路なので誰かの邪魔になることはなさそうだが、いったいどうしたのだろう。

忘れ物にでも気づいたのだろうか？

「八雲さん……」

「？」

振り返った星那が、真剣な表情でこちらを見た。

ふと、最初に出会った頃よりも星那と目線の高さが近くなっていることに気づく。

そんなところにも星那の成長を感じた。

「――待っていてもらえませんか？」

「え……？」

「俺が、八雲さんにふさわしいＤｏｍになります。だから……待っていてほしいんです」

突然、星那の口から紡がれた言葉に、八雲は呆然と固まったまま動けなかった。

ぽかんと間抜《まぬ》けな表情で、星那の顔を見つめる。

――ふさわしい、Ｄｏｍ？　それって。

頭の中で、何度も星那の言葉を反芻《はんすう》する。

しばらくして、ようやく意味は理解できたものの、今度は感情のほうがついていかなかった。

「星那……えっと、それは」

「今、答えなくていいです――答えないでください。じゃないと、俺……お願いします」

否定の言葉をこぼしかけた八雲の唇に、星那の細い指が触れる。切実な声色で懇願され、それ以上の言葉は紡げなかった。

それでも、困惑は隠せないままだ。

目を泳がせる八雲を見て、星那が笑みを浮かべる。

「俺、八雲さんのために、頑張ってきますね」

「……自分のため、だろ」

「ひいては、自分のためです」

星那の笑顔は少し無理をしているようだった。

たまに、ぐっと息を呑むように言葉を詰まらせている。それは八雲も同じだった。

「もう、行かなきゃ……ですね」

「……うん、気をつけて」

「はい。八雲さんも、身体には充分気をつけて。無理と我慢は、絶対にしないでくださいね」

星那が笑顔のまま、八雲から手を離した。

あの日、無理やりにでもこの小さな手を離そうとしたのは八雲だったが、今回は違う。

これは逃げるためではなく、お互いきちんと前に進むための別れだ。

――寂しい、なんて……言っちゃだめだ。

星那がくるりと背中を向ける。

その背中に、無意識に手を伸ばしていた。

最後にもう一度、触れたい――でも、八雲からそうすることはできなかった。

たくさんの感情を堪えるように、震える息を細く吐き出す。

離れていく星那の背中をずっと見ていることはできず、八雲は俯くと、さっき星那に触れることのできなかった自分の指先を見つめた。

抱きしめられたときに感じた星那の体温を思い出すだけで、ぎゅっと胸が痛んで、目頭が熱くなってきてしまう。

「――やっぱり、餞別《せんべつ》を貰っていきます」

「え？　……ぅ、んッ」

急に近くで聞こえた星那の声に驚いて顔を上げたのとほぼ同時に、唇に柔らかいものが触れた。

首の後ろに回された腕に、ずしりと重さを感じる。

「せ、な……？」

何をされたのか、わからなかった。

戸惑う八雲の泣きぼくろに、星那の指が触れている。

いたずらが成功したかのように満面の笑みを浮かべる星那の顔が、一気にぼやけて見えなくなった。

「じゃあ、行ってきます！」

「……っ、せな……おれ、待ってるから」

「はい‼」

星那の目も涙に濡れていた。

それでも、未来を見つめるその瞳に迷いは感じられなかった。

†

「で、ほんとに五年も待ってるんだから、八雲ってめちゃくちゃ健気《けなげ》だよねぇ」

「……いいだろ、別に」

星那が留学してからずっと、二ヶ月に一度はこうして恵斗に食事に誘われる。

愚痴《ぐち》を聞いてほしくなる周期なのだと恵斗本人は言い訳していたが、それが恵斗の優しい嘘なのだということは八雲もわかっていた。

恵斗は絶対に認めないが、恵斗なりに八雲を心配してくれているのが伝わってくる。

星那はあれから一度も日本に戻ってきていない。

星那の両親はあちらの休暇に合わせて、何度か星那の下を訪れているようだったが、八雲は星那が今どこで何をしているのかも知らなかった。

星那父から連絡が来ることはあるが、前ほどの頻度ではない。

そこに書かれているのも八雲の体調を気遣う言葉だけで、星那のことは一切書かれていなかった。

逆にもし何かあれば教えてくれるだろうと思っているので、特に心配はしていない。

あれから丸五年と少し。

その間に八雲の周りでも、いろいろな変化があった。

八雲をずっと苦しめてきた〔グレア過敏症〕が正式に病名として認められたのも、その一つだ。

十四歳以下でSub性を自覚した、いわゆる〔早熟〕と呼ばれるSubに一定の確率で見られる症状だとして、海外のチームが論文を発表したのだ。

それからは周りの状況が一変した。

「そういえば、今やってる治験ってどんな感じ？　効果とかあった？」

「明日が最後の検査だけど……どうなんだろうな」

八雲は半年前から、グレア過敏症の治験に参加していた。

参加するように勧めてくれたのは星那父だ。

治験の内容は一日一回、決められた薬を飲むだけ。それだけで本当に効果があるのかはわからなかったが「やらないよりはいいだろう」と、軽い気持ちで協力していた。

明日はその最終検査日だ。

検査の内容までは伝えられていなかったが、半年の投薬だけでどの程度の効果が出るのか、八雲も興味がないわけではない。

一応、毎月の検査で数値の変化は伝えられていたが、それがどの程度よくなっている数値なのかは、八雲本人もよくわかっていなかった。

「すぐに治るもんじゃないとは思うけどな」

「長いこと、どうにもならなかったぐらいだしね。クマだって、相変わらずだし」

「悪かったな」

八雲の目の下のクマは相変わらずだ。

五年間、誰ともプレイしていない割にはマシなほうだが、星那と初めて出会った時以上に濃くなってしまっている。

病院で処方してもらっている安定剤と抑制剤がうまく作用しているおかげで、これまで不安症状が著《いちじる》しく悪化したことはなかったが、それでもＳｕｂとしてあまりいい状態とはいえなかった。

「……もしさ、過敏症が治ったらどうすんの？」

「どうするって？」

「星那くん以外のＤｏｍともプレイできるようになるわけじゃん？　パートナーを作るとかそういうんじゃなくてもさ、発散目的のプレイとかやらないの？」

「しない」

「やっぱり即答かぁ」

「当たり前だろ。待ってるって約束したんだから」

この約束を星那が覚えているかどうかはわからなかったが、八雲からそれを破るつもりはない。せめてもう一度、星那と直接会うまでは、きちんと星那のことを待つつもりだった。

「純愛だねぇ」

「……相手は小学生だったけどな」

「もう違うじゃん。星那くん、明日には十八歳になるんでしょ？」

そう——明日は星那の誕生日でもある。

小学生だった頃の星那しか知らない八雲にとって、十八歳の星那というのは全く想像もつかない。星那父にはよく似ていたので、間違いなく美形のまま成長しているのだろうが、想像しようとしてみても、八雲の頭に浮かんでくるのは、最後に会った小学生の星那だった。

「いつ、帰ってくるんだろうね」

そもそも、本当に帰ってくるのだろうか。

そんな不安がないわけではなかったが、八雲には信じて待つことしかできなかった。


次の日、八雲は病院に来ていた。

いつも通院している病院ではなく、街から少し離れた郊外にある大学病院だ。治験に関係のある検査は、いつもこの大学病院で行われていた。

「城戸さぁん。こっちです！」

廊下の向こうから明るい声で八雲を呼んだのは、見知った顔の青年だった。

八雲に向かって、ぶんぶんと手を振っている。

近づくと、満面の笑みで迎えられた。

「……市ノ瀬《いちのせ》くん、もう来てたんだね」

「迷子になる予感がしたので、いつもより一時間早く家を出ました！」

グレア過敏症の治験を受けているのは八雲だけではない。

他にも数名、グレア過敏症に悩まされ続けてきた患者が同じように治験を受けていた。

その一人がこの市ノ瀬だ。

二十歳の大学生。初日に隣の席だったという理由だけで、八雲は市ノ瀬に懐かれている。

「もう六回目なのに、迷子になる？」

「なります!!」

——そういえば、極度の方向音痴だって前に話してたっけ。

自信満々にそう答える市ノ瀬の隣の椅子に腰を下ろす。検査はまだ始まっていないようだった。

白衣の人間が何人も部屋に出入りするのをぼんやり眺めていると、つんつんと市ノ瀬が隣から八雲の肩をつつく。

「あの……今日の検査、本物のグレアを当てられるらしいですよ」

「え？」

「……前のグループの人が話してるのが聞こえちゃったんです。なんか、一人ずつ部屋に入って、後ろからグレアを当てられるんだって」

そう言いながら、市ノ瀬は自分の背中を指さす。

どうやら、八雲たちより先に検査を受け終わった治験グループがいたらしい。一時間も前からここにいる市ノ瀬は、彼らの話を耳にしてしまったようだ。

「そういえば、城戸さんって、よくなった感じとかありますか？」

「どうだろう……この半年、Ｄｏｍと接触することはなかったし」

「……オレもそうなんです。治験中でもプレイは試してもらっていいって言われてたけど、怖くてできないですよね」

市ノ瀬も八雲と同じく、重症に分類されるグレア過敏症の患者だった。

八雲のようにＤｏｍに会うだけで気分が悪くなるということはなかったが、グレアを少しでも当てられると途端に気分が悪くなってしまうらしい。

「検査とはいえ、いきなりグレアなんて」

「でもまあ、それが一番はっきり効果のわかる検査だもんな」

「それは、そうなんですけど……」

市ノ瀬が深く溜め息をついて項垂《うなだ》れる。

これ以上なんと声を掛ければいいのか、八雲にはわからなかった。


「……治ってた！　治ってました!!」

先に検査室に入っていた市ノ瀬が、そう叫びながら廊下に飛び出してきた。

抱きつかれそうになった八雲は、思わずそれを避ける。

勢いあまった市ノ瀬が正面の壁にぶつかるのが見えたが、市ノ瀬本人はテンションが上がりきっているからか、それを気にしている様子はなかった。

「気持ち悪くないグレアって、あんななんですね！」

興奮した様子で、市ノ瀬が続ける。

どうやら、市ノ瀬のグレア過敏症はかなりよくなっていたようだ。

「もう！　すごすぎて!!　初めてのプレイまでしてもらっちゃいました！」

検査のついでに、そんなことまでしてくれるらしい。

言われてみれば、入室前はあまりよくなかった市ノ瀬の顔色が、少しよくなっている気がする。

八雲の手を握って、嬉しそうにぶんぶんと上下に振る市ノ瀬を見つめながら、八雲はどう反応を返すべきか悩んでいた。

喜んでいるのは充分伝わってくるが、そのテンションの激しさについていけない。廊下に響き渡っている市ノ瀬の声が部屋の中まで聞こえたのだろう。検査室から看護師が顔を出した。

しーっと優しく窘められ、市ノ瀬がぺこぺこと頭を下げている。

それでも、その表情は緩みきったままだ。

――おれも、あんな感じだったのかな。

そんな市ノ瀬を見ながら、八雲は星那との初めてのプレイを思い出していた。

星那のグレアを初めて受けた日、八雲も同じようなことを思っていた気がする。

Ｓｕｂという自分の二次性を自覚した日から今まで、八雲が心地よいと感じたグレアは星那のものだけだ。

気持ち悪くないグレアというものを知ったのも、あれが初めてだった。

——でも、この検査を受けたら……。

市ノ瀬のように八雲の過敏症もよくなっていたら、星那のグレアだけが特別ではないことを気づかされてしまう。

あの心地よい星那のグレアの感覚を、別の誰かのグレアで上書きされてしまうことになるのだ。

——ずっと、他のＤｏｍとの接触だって避けてきたのに。

ぎゅっ、と首元を服の上から摑む。

そこには八雲にとって大切なものがあった。

不安になると無意識にその場所を握ってしまうのは、ここ数年、八雲にすっかり染みついてしまった癖だ。

「城戸さーん、次お入りください」

「いってらっしゃい！」

どうやら、検査の準備ができたらしい。

後ろで手を振る市ノ瀬に小さく手を振り返して、検査用の個室に入る。いつも担当してくれている医師と看護師二人が、部屋の中で八雲を迎えてくれた。

「荷物はそちらのかごに入れてください。用意ができたら、真ん中の椅子に座ってくださいね」

「……あ、はい」

部屋の中央にはパイプ椅子が一つ置かれていた。

八雲が入ってきた扉に背を向けるように置かれた椅子の横には、冷蔵庫ほどの大きさの機械も一緒に置かれている。

——いったい、なんの機械だろう。

この検査が実際にグレアを当てるものだというのは、市ノ瀬の検査が始まる前に説明されていたが、具体的にどういう方法で行われるものなのかまでは聞かされていなかった。

「椅子の隣にあるのはグレアの量を測る機械なので、別に怖いものじゃないですよ」

「あ……すみません」

八雲の緊張を察した看護師が、優しく声を掛けてくれた。いつも治験の診察のときに見かける顔だ。ぺこりと頭を下げげつつ、先ほど言われたとおり荷物をかごへと入れる。

部屋の中央に移動し、椅子に腰を下ろした。

「それでは、これを右手で持ってください。少しでも気持ち悪くなったら、このボタンを押して教えてくださいね」

「少しでも……？」

「はい。これはそういう検査なので、絶対に我慢はしないでください。遠慮せずにボタンを押していいですからね」

「わかりました」

渡されたボタンを右手に持つ。間違って押してしまわないようにボタンの位置を確認していると、部屋の照明が一段階暗くなった。

「それでは検査を始めます」

医師の声が後ろから聞こえる。グレアを当てるのも、背中側からだと聞かされていた。検査に協力してくれるＤｏｍに先入観を持ってしまわないようにという配慮らしい。

――でも、このほうが逆にめちゃくちゃ緊張するんだけど。

いつ、どのタイミングでグレアを当てられるのかわからないというのは、それだけで緊張する。ボタンを持つ八雲の手は、すでにじんわりと汗ばんでいた。

「あ……」

少しして、普通とは違う不思議な感覚が八雲を襲った――グレアだ。

独特の感覚に一瞬身構えたが、右手に握りしめたボタンを押すようなことにはならなかった。

気分が悪くなる気配すら感じない。

吐き気も震えも、なんの異常が起こることもなかった。

半年飲み続けた薬がきちんと効いているということだろうか。そう考えたのと同時に、八雲は少しがっかりしていた。

――グレアって、こんなものなのか？

感動していた市ノ瀬とは、正反対の感想だった。

ずっと星那に貰っていたグレアと、このグレアとでは格段の差だ。

跪きたいという衝動も、グレア独特の高揚感も、このグレアからは感じることができなかった。

これが間違いなくグレアだということはわかるが、それだけだ。

「城戸さん、気分は悪くなっていませんね？」

「はい。大丈夫です……」

「どうかしましたか？　何か気になることでも？」

「あ、いえ……なんでもないです」

この感覚をそのまま伝えるのは、検査に参加してくれているＤｏｍに失礼になる。

思ったことは口に出さず、八雲はふるふると小刻みに首を横に振った。

「では、そのまま少しお待ちください」

「……はい」

背中からのグレアの気配がなくなったが、検査はまだ続くらしい。

指示されたとおり、八雲はそのまま座って待つ。

――なんだろうな、この残念な感じ。

長年苦しめられたグレア過敏症が治ったかもしれないのに、気持ちは複雑なままだ。

間違いなく、さっき当てられたグレアのせいだった。

グレアの質や感覚がＤｏｍによって違うものだということは知識としてあったが、あんなにも差があるなんて思いもしなかった。

星那のようなグレアを持つＤｏｍのほうが珍しいのだろうか。

一瞬で頭の芯が蕩けて、何も考えられなくなってしまう、あの極上のグレア。

「――ッ」

星那のグレアを思い出した瞬間、びくっと身体が大きく跳ねた。

記憶に身体が反応したのかと思ったが――違う。

ぞくぞくと腹の奥から込み上げてくる気持ちよさは紛れもなく本物だった。八雲の身体は、背中に感じるグレアから勝手に快楽を拾って、ひくひくと小刻みに震え始める。

Ｓｕｂの本能が支配に搦《から》めとられていく。

「これ、星那の……グレア？」

「――そんなこともわかるんですね」

「え……っ」

声は、後ろから聞こえた。

知らない声のはずなのに、その声を聞いた瞬間、八雲の身体の震えはより一層大きくなる。

背中から当てられるグレアもまた、少し強くなった。

このグレアを、八雲は知っている。

会わない間も何度も夢で見た――これは、星那のグレアだ。

「せ、な……？」

震える声で名前を呼びながら、後ろを振り返る。

薄暗い部屋の中、八雲の後ろに立っていたのは、背の高い見知らぬ青年だった。八雲を見て、小さく首を傾げたその青年の顔から、どうやっても目が離せない。

それは、発せられるグレアのせいだけではなかった。

その顔に、ずっと会いたかった人の面影を見つけたからだ。

「……星那」

もう一度、その名前を口にすると青年は嬉しそうに笑った。

目を眩しそうに細めて笑うその表情は、あの頃と全く変わっていない。

「ただいま。八雲さん」

すっかり声変わりした低い声。

それなのに話し方は同じで、不思議と懐かしさが込み上げてきた。

八雲は椅子から立ち上がると、ふらふらと星那のほうへと近づく。

星那も八雲のほうに近づいてきてくれた。

そのまま、腕の中に強い力で抱きしめられる。

「……おかえり、星那」

今は、そう言葉にするのが精一杯だった。


「星那、危ないから下ろしてって……」

「暴れるほうが危ないですよ。八雲さんはちゃんと俺にしがみついててください」

すれ違う人が皆、驚いた顔でこちらを見ている。

検査室を出たときだって、扉の前にいた市ノ瀬が同じように驚きの表情を浮かべていた。

——驚いてるのは、おれもなんだけど。

八雲は今、星那の腕に抱きかかえられている。

この五年ですっかり成長した星那は、八雲よりも身体が大きくなっていた。

背だけではなく、体格すら星那のほうががっしりしている。まだまだ成長段階のはずなのに、服越しに触れる腕や胸には、しっかりと筋肉がついているのがわかった。

しかし八雲も小柄なほうではないのに、こうも軽々と抱き上げられてしまうなんて。

「……どこに、向かってるんだ？」

「二人きりになれる場所です」

星那の言葉にどくりと鼓動が高鳴った。

その声も悪いのだ。

声変わりを終えた星那の声の響きは、それだけで心臓に悪い。星那父の声とよく似ているが、それよりも甘くて優しい響きのする星那の声に、八雲の鼓動は速さを増すばかりだった。

――心臓の音、聞こえてるんじゃ。

顔もずっと熱いままだった。

検査室を出て、廊下をまっすぐ突き当たりまで進む。

そこを右に曲がると『関係者以外立ち入り禁止』の札がかけられた扉が現れた。

星那は特に気にする様子なくその扉を開けて、奥へと進んでいく。

「関係者以外、入っちゃだめなんじゃ……」

「俺は関係者ですよ」

「え？」

言っている意味がわからなかった。

入ってすぐのところですれ違った白衣の男性が、ぎょっとした顔でこちらを見る。

だが、すぐに破顔し、星那に話しかけてきた。

相手はどう見ても日本人ではない。

話しているのも、日本語ではなかった。英語ですらない気がする。

星那も当たり前のように、同じ言葉でそれに応《こた》えた。知らない言葉を話す星那に驚いて、八雲は思わずぎゅっと腕に力を入れ、星那の身体にしがみついてしまう。

「この人は留学先でいろいろ助けてくれた先輩です。顔は怖いですけど、いい人ですよ」

「あ……そう、なんだ」

——いや、そうじゃなくて。そんな人の前で星那に抱きかかえられてる、おれってどうなの？

そんなことを気にしているのは、八雲だけのようだった。

短い会話を終え、男性が手を振って立ち去っていく。去り際に八雲にも何か話しかけてきたが、これが何語かもわからない八雲に答える術はなかった。

「ここです」

星那が示した扉には、確かに「ＫＥＩＺＵＫＡ」と書かれたプレートが掛けられていた。

病院内の一室だが病室ではなく、どちらかといえば職員用の部屋のようだ。

「立てますか？」

「……ん。大丈夫」

一度、床に降ろされる。

星那はポケットからカードキーを取り出すと、扉のすぐ横にある端末にかざした。ピ、という機械音の後、カチリと鍵の開く音が続いて聞こえる。

ドアノブに手を掛けた星那が、先に八雲を部屋の中へと通した。

中はこぢんまりとしたオフィスのような見た目の部屋だった。手前に応接用のソファーとローテーブル、奥にはノートパソコンの置かれた木製の机と、半分以上が空のままの本棚が見える。

「ここ、って……？」

「治験の関係でしばらく貸してもらってる部屋です」

「そういえば、星那……関係者って」

「その質問に答える前に……もう一回、抱きしめていいですか？」

「――ッ」

八雲が何か答えるより前に、抱きしめられていた。

背中側から、長くて逞《たくま》しい星那の腕が回される。

吐息が耳にかかって、ぞくりと背筋に何かが駆け抜けた。

「八雲さん、会いたかったです」

そんなところで喋《しゃべ》らないでほしい。

耳元をくすぐる声はそれだけで心臓に悪い。

油断をすれば変な声が出てしまいそうになるのを、八雲は必死で堪えた。

腕の力はすぐに緩められ、くるりと身体を反転させられる。今度は正面から抱きしめられた。

小学生のときとは明らかに違う星那の香りを感じて、八雲の体温は一気に上昇する。

心臓が口から飛び出してしまいそうだった。

「八雲さんって、こんなに小さかったんですね」

「……星那が大きくなりすぎなんだよ」

「会わないうちに、痩せましたか？」

「——ッ、ぁ」

星那の手が頬に触れる。

あの日、空港でもそうしたように泣きぼくろをそっと指の腹で撫でられ、八雲はひくりと身体を揺らした。

「……その顔は、ずるいです」

星那の顔が近づいてくる。

長い睫毛に視線を奪われているうちに、そのまま柔らかく口づけられた。

空港でした不意打ちのキスとは違う。

顔を傾け、確かめるように何度も唇を食《は》まれる。顎に添えられた手に顔を持ち上げられ、喘いだ隙に舌が口の中へと侵入してきた。

「ん、ぁ……」

静かな室内に濡れた音だけが響く。

気づけば、八雲からも欲しがるように星那の首に腕を回していた。

星那のもう片方の手は八雲の腰に回され、ぐっと身体を密着させるように引き寄せられる。触れた場所から、星那の熱と鼓動がダイレクトに伝わってきた。

「……すみません。がっついて」

「あ……うん」

そんな風に謝られると、八雲のほうまで居た堪れない気持ちになってくる。

黙ったまま俯いていると、星那の手が八雲の頭をぽんぽんと優しく叩いた。

あの頃とは違う、大きな手だ。

でも、そこから伝わってくるあたたかさは、あの頃と何も変わらない。気持ちよさに目を閉じていると、ずくんと身体の奥に甘い痺れが走った。

「《こっちを見て《Look》ください》、八雲さん」

「なん、で……」

その正体は、星那のグレアだった。

頭上から浴びせられたグレアが、八雲の思考を甘く搦めとっていく。

星那のグレアは、やはり他のＤｏｍとは違う。八雲にとってはどうやっても抗えない、とてつもなく魅力的なグレアだ。

コマンドで命令されたとおり、八雲は星那の顔を見上げる。

藍色の瞳は昔と変わっていない。

でもそこから発せられるグレアは、前よりも少し強くなっている気がした。

「その顔……今、自分がどんな顔で俺を見てるか、わかってますか？」

「……どんな、顔？」

「昔から、八雲さんはずるいんです。絶対に本当の気持ちを教えてくれないのに……いつも、そんな顔で俺を見てきて」

また、グレアが強くなる。

星那の呟きの意味を、半分も理解できない。

「八雲さん、《跪いて《Kneel》ください》」

ただ、コマンドにだけは身体が勝手に反応した。

ぺたりとその場に座り込むと、昔まだ小学生だった星那に教えてもらったＫｎｅｅｌの姿勢を取る。

星那が優しく微笑んだ。

「ちゃんと俺の教えたＫｎｅｅｌを覚えててくれたんですね、《いい子です《Good boy》》」

丸五年ぶりの星那とのプレイに、全身が悦びに蕩けてしまいそうだった。

いや、もう蕩けてしまっているのかもしれない。

自分が何者でここがどこなのか、そんなことすら曖昧になってくる。

ただ、目の前にいるＤｏｍだけがすべてで、このＤｏｍに従い、尽くすことだけが幸せなことのように思えてくる。

「もしかして、スペースに入りそうですか？」

「ぁ……わかん、ない」

「無理に答えなくていいですよ。全部、俺に委《ゆだ》ねてください」

――そうだ、もう委ねてもいいんだ。

それは絶対にいけないことなのだと、ずっと自分を戒《いまし》めてきた。

それももう必要ない。

自分を支配するＤｏｍ――星那の瞳を見つめる。

「せな、もっとグレアも、コマンドも……ほしい」

「いいですよ。いくらでも。八雲さんが望むものを、望むだけあげます」

――しあわせだ。

あの夢で見ていた光景と同じだ。愛するＤｏｍがすべてをくれる。

その代わりに自分をすべて差し出す。

見えない糸で、全身を雁字搦《がんじがら》めにされていくみたいだった。

縛りつけられていくのに、それが不快ではない。むしろ、心地よすぎて戻ってこられなくなるのではないかと思うぐらいだ。

「――好きなだけ、気持ちよくなってください」

遠くに星那の声を聞きながら、八雲はあたたかい色にあふれた光の中を漂っていた。

†

八雲は、ぱちりと目を覚ました。

ここ数年で一番、気持ちのいい目覚めかもしれない。

ベッドに寝転がったまま、見慣れた自室の天井をゆったりと見上げる。

大きく息を吐き出した後、ころりと寝返りを打った八雲の腕に、何かあたたかいものがぶつかった。

「っ、わ……ッ」

星那だった。同じベッドに星那が眠っている。

軽くとはいえ腕が当たってしまったのに、星那が目を覚ます気配はない。

身じろぎ一つせず、寝息を立て続けていた。

――そうだ。帰ってきてたんだ。

大きくなった星那が隣にいることが、まだどこか信じられない。目をごしごしと強く擦ってみたが、目の前の星那が消えることはなかった。

夢ではないようだ。

――寝顔見るの、初めてだな。

すやすやと眠る星那の顔を眺める。小学生だった星那に寝顔を見られたことはあるが、こうして眠っている星那を見るのは初めてだった。

伏せられた睫毛の長さに感心しながら、八雲はまじまじと星那の顔を観察する。

元々端整な顔立ちをしていたので、ある程度はこうなる予想をしていたが、まさか本当にこんな綺麗な顔に成長するなんて。

柔らかそうな黒髪も、きめの細かい肌も昔のままだ。

くっきりとした目鼻立ちは、小さな頃よりもさらに凹凸がはっきりしたように感じる。

小さな頃から星那父によく似ていたが、それよりもどこか優しげに感じるのは、星那母から受け継いだ特徴だろうか。

――あ、っ。

薄く開いた唇がふと目に入り、八雲は急に恥ずかしくなった。昨日、星那とキスをしたことを思い出したからだ。

「っていうか、おれ……いつこの部屋に帰ってきたんだっけ……」

それを思い出したのをきっかけに、昨日の記憶がひどく朧《おぼろ》げだということに気がついた。

検査の途中、星那と再会したのはまだ昼前だったはず。その後、病院内にある星那の部屋に連れていかれ、グレアを当てられたことまではしっかり覚えていたが、その後の記憶がひどく曖昧だった。

いつ、どうやってこの部屋に帰ってきたのか……どうしてここに星那がいるのか、どうやっても思い出せない。

身体を起こし、ベッドの上で正座をする。

腕を組み、ううんと首を捻っていると「……ん」と星那が小さな声を漏らした。

スプリングの揺れで、目を覚ましたらしい。

「……おはようございます。八雲さん」

星那は寝惚けた表情のまま、ぐるりと部屋を見回した後、八雲を見つけて嬉しそうに笑った。

匍匐《ほふく》前進するように移動してきたかと思えば、正座する八雲の腰に腕を回し、太腿にぐりぐりと顔を押しつけてくる。

「ちょ、……何して」

「夢じゃなかった。八雲さんがいる」

そんな風に嬉しそうに言われたら、振り払うことなんてできなかった。

戸惑いつつも、寝癖のついた星那の黒髪に指を差し込む。くしゃりと摑むように触れていると、星那が身体を揺らして笑い始めた。

ひとしきり笑った後、視線を上げて八雲のほうを見つめる。

「気分はどうですか？」

「すごくいい感じなんだけど……なんで、こんな状況なのかがわからない」

「昨日、かなり深くスペースに入ってましたからね。覚えてませんか？」

「スペース……」

その言葉を知らないわけではない。

スペースとは、Ｓｕｂだけに起こるトリップ現象の一つだ。頭の中がお花畑状態になるなどという表現でよく説明されるものだが、今までそれを体験したことはなかった。

想像してみたことだってない。自分には完全に無縁なものだと思っていた。

「うっすら、思い出したかも……」

言われてみれば、夢の中のような幸せな気分に包まれていた気がする。

目の前に星那がいることが嬉しくて、ずっと星那の腕にしがみついていた。

八雲のスペースは完全に意識を飛ばしているというよりは、自分の身体の主導権をすべてＤｏｍに預けてしまっているような状態のようだった。

星那の声だけは聞こえる。

星那にされることならば、すべて受け入れる。

そんな状態のまま、移動や食事を済ませ、この部屋に戻ってきたらしい。

さっきまでは完全に忘れていたが、ひとたび思い出せば記憶はきちんと繋がっていた。

「なんか、すごい迷惑かけたような……」

「そんなことないですよ。八雲さんのスペース、本当に可愛かったです」

確かに、記憶の中の星那もずっと嬉しそうに八雲の世話を焼いていた。

こうして家まで連れて帰ってきてもらったのもそうだが、手ずからご飯を食べさせてもらった記憶まである。それ以外の世話もだ。

いっそ、覚えておきたくなかった記憶の数々に八雲は頭を抱えた。

「……家、帰らなくて平気だったのか？」

「大丈夫です。俺も八雲さんと一緒にいるほうがいいので。それとも、もしかして迷惑ですか？」

「そんなわけないだろ！」

思わず、大声で叫んでいた。一瞬驚いた顔を見せた星那が、また嬉しそうに相好《そうごう》を崩す。

さっきよりも強い力で、ぎゅっと八雲の腰に抱きついてきた。

大きくなったのに、そういう仕草は子供のようだ。

いや、まだ十八歳なので大人という括《くく》りにするには早いのかもしれないが、自分より身体が大きくなった星那にそんな風にされるのは、なんだか落ち着かない。

「……嬉しいです」

星那が呟きをこぼす。

八雲も同じ気持ちだったが、星那のように言葉にすることはできなかった。

こくりと頷きはしたものの、八雲の身体に顔を押しつけている星那には見えるはずもない。

手持ち無沙汰を解消するために、さっきもしたように星那の髪に触れていると、八雲を充分堪能したのか、星那が再び顔を上げた。

「そういえば、星那はどうしてあそこにいたんだ？」

「え？　ああ、そういえば説明がまだでしたね」

星那がようやく身体を起こした。

それでも離れたくないのか、八雲にぴとりと身体を寄せ、片膝を立てて座る。

触れたところから感じる少し高い星那の体温に、八雲の心臓はばくばくとうるさいままだった。

「［グレア過敏症に関する論文］それを発表した研究チームの一員なんですよ、俺」

「え？」

「一応、名前も載ってたんですけど……やっぱり気づいてなかったんですね」

驚く八雲の反応を、星那は予想していたようだった。

大きく目を見開いたまま固まった八雲の顔を隣から覗き込んで、したり顔で笑っている。

「星那が研究チームの、一人？　……でも、まだ学生なんじゃ」

「そうですね。飛び級はしましたけど、まだ大学生で間違いないです」

「と、飛び級……？」

星那の口から次々飛び出してくる驚きのワードに、八雲の理解は追いつかなかった。

星那は当たり前のように話しているが、絶対に普通にできることではない。

病院でも確かに自分は関係者だと言っていたが、まさか星那自身が治験の研究チームの一員だなんて――しかも飛び級をして、もう大学にまで進んでいるとは。

あの場所に星那がいたのは、てっきりまた星那父絡みだと思っていたのに。

「ついでに言うと、治験に八雲さんを推薦したのも俺です。もちろん、身内だから特別というのではなく、数ある症例の中でも八雲さんの症状はかなり重いものだとわかったので、治験に加えてもらったんです」

「じゃあ……もしかして、おれのこと」

「毎月の検査結果は確認してましたよ。もちろん、向こうでですけど。一昨日の夜に日本に帰ってきて、昨日の最終検査に立ち会わせてもらったんです」

だから昨日、あの場所にいたらしい。偶然でもなんでもなかったのだ。

「……全員の検査に立ち会ったのか？」

「はい。でも、俺が直接グレアを当てたのは八雲さんだけですよ。あとは見てただけです」

八雲が一番気になったことを、星那は先回りして答えてくれた。

そういう察しのいいところは、昔と変わらない。

星那のグレアをあの場で受けたのが自分だけだったことに、八雲はほっと胸を撫で下ろす。

安堵に表情を緩めていると、星那の手が八雲の頭に触れた。まるで褒めるときのように優しく撫でられ、条件反射でその手に擦り寄ってしまう。

「そういうのはずるいって、昨日も言ったはずです」

星那がぽつりと不満そうに漏らす。

その言葉にハッと正気に戻ったが、恥ずかしさに俯いたまま、顔を上げることはできなかった。

「昨日だって、本当は検査が終わった後に普通に声を掛けようと思ってたんですけど……我慢できませんでした」

「……？」

「八雲さん、少しいいですか？」

独白のような呟きの後、星那の聞かせた真剣な声色に、八雲は小さく息を呑んだ。

八雲が身体を強張らせたことに気づいたのだろう。

正面に座り直した星那がベッドに手をつき、下を向いたままの八雲の顔を覗き込んでくる。

「……顔を上げてくれませんか？」

切実な声で乞うように言われて、無視することはできなかった。

まずはそっと視線だけを上げる。

窺うように、ちらりと星那の口元を見た後、おもむろに顔を動かした。

「――……っ」

声色と同様に真剣な表情をした星那と目が合い、八雲はひゅっと喉を鳴らした。グレアは出ていないはずなのに、その目から視線を外すことができない。

星那の藍色の瞳に、そのまま吸い込まれてしまいそうだ。

カラカラに乾いた口内を誤魔化すように唇を舐めていると、星那が何か心に決めるように一度、ゆっくりとまばたきをした。

目を開き、再び八雲の顔をまっすぐ見つめる。

「俺は、――八雲さんのことが好きです。できれば、ＤｏｍとＳｕｂという関係だけでなく、ずっと寄り添える相手になりたい。そう考えています」

「……星那」

「八雲さんの気持ちを教えてもらえませんか？　グレア過敏症の治った八雲さんはもう、俺以外のグレアでも気持ち悪くなることはありません……それでも、俺を選んでほしいんです」

それは、星那らしい告白だった。

星那は本当に変わっていない。

無理強いすることなく、八雲に選択権を与えてくれようとするその言葉に、ふと昔のことを思い出していた。

『俺、ちゃんと頑張るので……お願いです。八雲さんのために何かしたいんです』

小学生の頃から星那はそういう子だった。

いつも、八雲の気持ちを優先してくれようとした。

一生懸命に手を差し伸べながらも、無理やり手を摑んだり、引っ張ったりすることはしない。

今の表情だって、あの頃の星那と何も変わっていなかった。

「……星那こそ、いいのか？　お前のほうが、もっと選択肢があるはずなのに」

「ないですよ。俺には八雲さんだけです」

自信に満ちた表情で即答する星那に、迷いは一切ないようだった。

星那の発する一言一言に、胸が締めつけられたみたいになる。

不安でそうなっているわけではない。

だが、なんともいえない緊張感に八雲は自分の首元に手を当てた。いつもはそうすれば落ち着くはずなのに、今日はそれもうまくいかない。

「…………」

気持ちはもう決まっているのに、言葉にするのに少し時間がかかった。

ゆっくりと息を吸い込み、吐き出す。

一度ごくりと唾を呑み込んでから、星那の顔を見つめた。

「──……おれも、星那と一緒にいたい。星那じゃなきゃだめだ……お前のことが、好きだから」

語尾は消え入りそうになっていた。

でも、やっと言えた。

本人に気持ちを伝えることができた。

言い終えたのと同時に、堪えられなかった涙があふれ出す。

──泣くつもりなんてなかったのに。

この五年間……いや、もっと前から抑え込んでいた気持ちが一気にあふれ出していた。

自分の意思で止めることなんてできそうにない。

視界は一瞬で滲んで、何も見えなくなった。すぐ近くにいる星那の表情すらわからなくなる。

「本当に……俺を選んでくれるんですか？」

「ずっと、待ってたんだから。おれが、お前以外を選ぶわけがないだろ」

「八雲さん……！」

八雲の両手に、星那の手が触れた。

男性らしく、大きくなった手。

ぎゅっと強く握り込まれた手から、星那の高揚が伝わってくる。

「愛してます、八雲さん。絶対、大切にします」

吐息の気配を感じたかと思えば、誓いのキスのように柔らかく唇が重ねられた。

星那の吐息の熱さに、身体が震える。

「ん、ぅ……」

角度を変えながら、何度も口づけられた。

少しずつ、深く求められる。

星那の舌先が、するりと八雲の唇の隙間をなぞった。

「ン……っ」

背中を駆け抜けた快感に、ひくりと身体が揺れる。

自分の反応に驚いて唇を離そうとしたが、八雲の動きは星那に封じられてしまった。

いつの間にか頭の後ろに回った星那の手が、しっかりと八雲の頭を押さえつけている。

「ふ、ぁ……っ」

首を捻って逃げようとしても、うまくいかなかった。

うまく身動きの取れないまま、星那に責められる。器用に動く星那の舌は、八雲の弱い場所ばかりを刺激してきた。

八雲の身体は快楽に正直で、与えられる気持ちよさで下半身に熱が集まり始める。

——だめだ、このままじゃ。

そう思うのに、抵抗するように身体を押してもびくともしなかった。昔はあんなに小さかったのに、力ではもう星那には敵《かな》わないらしい。

「……嫌、ですか？」

腕の中で八雲が暴れていることに気づいた星那が、そっと唇を離した。

それでも、顔の近さは変わらない。

吐息が触れ合う距離で、八雲に問いかけてくる。

「っ、だって……いきなり、こんな」

「俺の好きは、八雲さんとこういうことがしたいってことです。八雲さんは違いましたか？」

「それ、は……」

違わない――が、はっきりとは答えられなかった。

まだ、どこか罪悪感のようなものが残っている。

星那のことを素直に求めてもいいのだと、さっき理解できたはずなのに、それでも今まで押し込め続けてきた気持ちは、そんなに簡単に割り切れるものではなかった。

「こういう触れ合いは、嫌ですか？」

「……っ」

どう返事をすればいいのかもわからない。

肯定も否定もできないまま、助けを求めるように星那のほうを見た。

喘ぐように何度も短く息を吸いながら、星那の瞳の奥をじっと見つめる。

その目の奥が、ちらりと煌《きら》めいた気がした。

「あ、……な、んで」

「このほうが素直になれませんか？」

「だめ、だ……グレアは」

「大丈夫、少しだけです。八雲さんを楽にするためなので、怖がらないでください」

その言葉どおり星那の発するグレアは微量で、完全に蕩けてしまうほどのものではなかった。

それでも、八雲の内にあるＳｕｂ性は間違いなくそれに反応している。もっともっとと、本能が星那を求め始めている。

「八雲さん。もう我慢しないで、本当の気持ちを教えてください。あの頃の気持ちも全部《話して》《Say》」

「あ、ぁ……っ」

こんなにも弱いグレアなのに、与えられたコマンドに逆らえなかった。

きっと八雲自身も、そうすることを無意識に望んでいたからだ。

それでも躊躇《ためら》いがちに、口を開く。

「ずっと、星那に支配されたかった……触ってほしかった。グレアも、もっとたくさん欲しくて……おれの全部を委ねて、星那だけのものになりたかった」

それは、Ｓｕｂとしての心の叫びだった。

言わなかったのは自分だ。こんなこと、小学生の星那に言えるはずがない。

これからもずっと、心に秘めたままでいるつもりだったのに――暴かれてしまった本音に、八雲は視線を彷徨《さまよ》わせる。

星那の顔を直視することができない。

「……そんな風に思ってくれてたんですね」

「ごめん、星那……」

「どうして謝るんですか？　八雲さんは間違ったことなんてしてませんよ」

「で、も……」

「俺と会えなかった間も、ずっと俺のＳｕｂでいてくれたんですよね？」

星那はそう囁くと、そっと八雲の顎先に触れた。

そのまま、つつっと首を辿るように指先を下へと滑らせる。

辿り着いた先は、八雲が不安になるとしきりに触れていたあの場所だった。

そこには細い革紐を編んで作られた黒いチョーカーがつけられている。

星那の指先が、それをツンと弾いた。

「これ、俺があげたブレスレットですよね？」

「あ……っ」

「繋ぎ目にチェーンを足したんですか？　そんなにも、俺の首輪が欲しかったんですね」

「え、と……勝手なことして、ごめん」

「謝らないでください。八雲さんが俺の首輪を望んでくれたことが嬉しいです。昨日の夜、八雲さんを着替えさせるときにこれに気づいたときは、危うくそのまま襲いそうになりましたけど」

「ん、ぅ……っ」

再び、今度は勢いよく唇を塞がれた。

激しい口づけに、息すらうまくできない。気持ちよさと苦しさが綯《な》い交ぜになる。

それでももう抵抗する気は起きなかった。

「俺が、八雲さんのすべてを支配します。もう何も不安を感じることがないように。だから、八雲さんの全部を俺にください」

それは懇願だったが、八雲には命令のようにも聞こえた。

与えられたのは弱いグレアだけで、コマンドだって使われていないのに、自分のすべてが星那に支配されようとしているのがわかる。

でも、それが嬉しい。

このDomにすべてを支配されることを、八雲の本能は望んでいた。

「あげる、から……全部、星那のものにして」

「はい、八雲さん」

星那が嬉しそうに目を細めて笑った。

優しい声とは裏腹に一気にグレアが強くなる。八雲の理性は一瞬で溶けて消え去った。


八雲はまた、あの気持ちいい空間を漂っていた。

色のあふれる、幸せな場所だ。

Domの支配にすべてを預け、本能のままに自分をさらけ出すことのできる——こんなに安心できる場所は他にはない。そう感じる場所だ。

でも、今回は前のときとは少し違っていた。

心が解放される気持ちよさとは別の、もっと直接的な気持ちよさを感じる。痺れや疼《うず》きのようなその感覚は意識をすれば、さらにはっきりとした刺激として八雲に襲い掛かった。

「ふ、ぁ——ッ」

「スペースから戻りましたか？」

近くから、星那の声が聞こえた。

その合間にぬちぬちと濡れた音が響く。

頭の奥が痺れるような気持ちよさとシンクロしているその音は、身体の下のほうから聞こえてきた。

「な、ン……ぁあ、っ」

「気持ちよさそうですね。ここですか？」

「ひ、ぁ――ッ」

ビリッと一際強く、電気のような感覚が走る。

びくんと身体が大きく跳ねた。

あまりの衝撃に閉じていた目を大きく開く。

八雲の目に一番最初に飛び込んできたのは、自分の部屋の天井だった。

だが、そればかりに気を取られてはいられない。

――え、なんで？

視線を少し下に向ければ、自分の足先が見えた。

いつの間にか全裸で、ベッドの上に寝転がされている。仰向けの状態で足を上げて左右に大きく開き、隠すべき場所をすべてさらけ出していた。

その姿勢を固定するように、太腿に腕を回し支えているのは八雲自身の腕だ。

足の間には、星那がいた。

いつの間にかこちらも上半身の服を脱いでいる。八雲の足の向こうで、何かをしているようだった。

「せな……なに、して」

「何ってセックスですよ。ここに俺を受け入れるための準備です」

「ひ、ぅ……ンッ」

ぬち、とまた濡れた音が響く。

同時に頭の先まで痺れが駆け抜けていった。

星那の指にナカを弄《いじ》られている——八雲はようやく、先ほどから感じている刺激の正体を知った。

与えられる行為に反応して、八雲の中心はすでに限界近くまで張り詰めている。

ナカに入っている指はすでに一本だけではなかった。

挿入された指をくぱりと広げられる感覚に、高い声を上げて仰け反る。

——いつの間に、こんな。

すぐに記憶は繋がった。でも、信じたくなかった。

スペースに入っている間に、星那に自分がされたこと。自分が星那にしたこと。

どちらも現実とは思いたくない。

「ひ、ぁ」

痛みはない。それが逆に怖い。

気持ちよすぎて、どうにかなってしまいそうだ。

足を支える腕が小刻みに震えている。

「八雲さん、足は閉じちゃだめですよ。コマンドは守ってくださいね」

スペースの最中に言われたコマンドを、八雲は夢うつつながらきちんと覚えていた。

コマンドは二つ。《見せてください《Present》》と《動かないで《Stay》》だ。

「や、ぁ……無理っ」

「さっきは自分から気持ちいいところを教えてくれたのに、無理じゃないですよね？」

星那の指摘に、八雲の顔は一気に熱くなった。

スペースに入っているときの八雲に羞恥心はなかった。

星那が聞くことにはなんでも答え、こうして裸になり、目の前で足を開くことだって当たり前のように受け入れていた。

だけど、今の八雲は違う。

蕩けるようなグレアこそ与えられているが、意識ははっきりしている。コマンドを守るのだって自分の意思が必要だし、何より激しい羞恥心に頭がおかしくなりそうだった。

「ここ、触ったことあるんですね」

「っ、……あ」

「気持ちいい場所を知ってるってことは、そういうことですよね？」

——触ったことは、ある。

でも、そんな質問に素直に答えられるはずがなかった。ぎゅっと目をつぶり、Ｓｔａｙの命令に背かないレベルで小さく首を横に振る。

「嘘はだめですよ」

「あ、あ……」

グレアが強くなる。星那がコマンドを使おうとしているのがわかる。

「だめ、それは……言いたくない。お願い」

「嫌がる八雲さんって、すごく可愛いですね——でも、だめですよ。《言って《Say》》」

「や、ぁ……」

一度は拒否したものの、セーフワードを使わない拒絶に意味などなかった。星那の発したコマンドが、じわりと八雲の内側に染み込んでくる。

すぐに命令に従いたくて仕方なくなる。

このＤｏｍに褒められたかった。

「……あ、る」

「そうですか。誰かに触ってもらったんですか？」

「違うッ……やったのは、自分で」

「一人で、ここを触ったんですか。気持ちよかったですか？」

「んぁ――ッ」

ナカをぐっと押された。

星那の指が触れた場所は、八雲の気持ちいいところから少し離れている。

それでも充分に慣らされたそこは、そんな刺激ですらじんわりとした気持ちよさを伝えてきた。

逆に弱い刺激だからこそ、もっと欲しくてたまらない気持ちにさせられる。

物足りなさに、もどかしくなる。

――でも、そんなの言えない。

素直に欲しいとは言えなかった。

星那が窺うようにこちらを見ていたが、その目をまっすぐ見ることすらできない。

「もう一つ、八雲さんに聞きたいことがあるんです」

「……もう、嫌だ」

「本当に嫌ならセーフワードを使ってください。忘れてませんよね？」

「忘れてない、……けど」

忘れるわけがない。

スカイ——二人で決めたセーフワード。

その言葉は、八雲と星那の共通点でもあるのだから。

「やめますか？」

星那の静かな問いに、八雲は即座に首を横に振った。

でも、これから星那が聞こうとしていることは、きっと八雲が星那に一番明かしたくないことだ。

本当は言いたくない。

——知られたくない、のに。

「泣きそうな顔しないでください。そそられます」

「……っ」

「八雲さんを見てると、たくさん苛《いじ》めたくなる。やっぱり俺もＤｏｍだったんですね」

星那が八雲の足先に触れた。

ふくらはぎをなぞるように撫でながら、膝の内側に唇を寄せる。

ちゅ、と柔らかいリップ音を響かせた。

薄く開いた目で八雲の反応を眺めながら、同時に責め立てるようにナカの指を動かす。

下から聞こえる濡れた音も、与えられる刺激も、どうやっても慣れるものではなかった。びくびくと身体を揺らしながら、気持ちよさに必死で耐える。

「ん、んぁ……っ」

「自分でここに触ったとき、何を考えてましたか？」

「——ッ」

「《言ってください《Say》》。八雲さんがどんなことを望んでたのか——俺に教えて」

予想どおりの質問だった。

それだけは、言いたくない。隠しておきたい。

だが、重ねられたコマンドに、ひくんと身体が反応する。

強くなったグレアに逆らう方法が見つからない。

「言って、嫌いにならないか……？」

「なりませんよ。なるわけないでしょう？　八雲さんはもっと俺を信じてください」

——信じる……そうだ。

星那の言葉に、ハッとした。

ＤｏｍとＳｕｂの関係は信頼こそが一番大切なのだ。

わかっていたはずなのに、八雲はすっかりそれを忘れてしまっていた。

天井にぐるりと視線を彷徨わせた後、星那のほうに視線を向ける。

その目からは変わらず強いグレアが発せられていたが、きちんと八雲を尊重してくれているのも感じた。

——星那を、怖がる必要はなかった。

こくんと頷くと、星那の表情が優しく緩む。

いい子です、と囁くように告げた星那の声に、歓喜が身体を駆け抜けた。

――どう、しよう。

話すと決めても、その言葉は簡単に口に出せるものではなかった。

でも星那は急かすことはしない。

じっと八雲の言葉を待ってくれている。

「……星那のが、欲しくて」

ごく小さな声で呟いたが、星那の耳にはきちんと届いたようだった。

星那が綺麗な顔で、満足げに微笑む。

「それは、俺に抱かれたかったってことですか？」

もう一度、こくりと頷く。

Ｄｏｍを満足させることでも、Ｓｕｂは充足感を得られるのか、嬉しそうに笑った星那の表情に八雲まで満たされた気持ちがした。

「言いにくそうにしてたのは、それが小学生の俺だったからですか？」

「……っ、あ」

「図星ですか？　八雲さんは言葉より、表情のほうが素直でわかりやすいですね……それなら、無理やりにでも襲っておけばよかったかな」

「え――、ぁああッ」

後半、信じられないような言葉が聞こえたような気がしたが、それもすぐに考えられなくなった。

ナカの指が増やされる。

ぐちゅりと強く掻き回され、緊張に身体がぎゅっと縮こまった。

後ろも一緒に締めつけてしまい、余計にナカの指の動きを感じてしまう。

「ほら、身体の力を抜いてください。俺も早くここに入りたい」

「あ、ぁ……ン」

「少しきついけど、挿《い》れてもいいですか？」

伸し掛かってきた星那が、耳元に顔を寄せて囁く。

熱い吐息の混ざった声に、星那の余裕のなさを感じた。

ぐっと太腿に押しつけられた星那の昂ぶりの熱さと硬さに驚く。

「八雲さんが自分から欲しがるまで、我慢したかったけど……もう、無理そうです」

星那は八雲のナカから指を抜くと、身体を離した。パンツの前をくつろげ、脱ぎ始める。

その姿を思わず凝視してしまった。

八雲の視線に気づいた星那が、ぐっと眉を寄せる。

その男らしい表情に、無意識にごくりと喉が鳴った。

小学生の星那に抱かれる想像をしたことは、一度だけではない。

きっかけは、夢だった。

最初は顔の見えないＤｏｍとプレイする夢だったはずなのに、それがはっきりと星那の姿に変わったのは、いつからだっただろう。

与えられるグレアの感覚も星那のものと同じで、夢の中の八雲はいつもそのグレアに恍惚を覚えていた。

コマンドを与えられ、それを守ることができれば褒められる。

そのご褒美が――あの頃の姿の星那に抱かれることだった。

好きだと自覚しても星那に対してそこまで明確な性を意識したことはなかったのに、星那に貫かれ、快楽を与えてもらえるその夢を見ることを、いつしか八雲自身も待ち望むようになっていた。

そして、夢だけでは飽き足らず、現実でもその場所に触れてしまった。

一度触れたら、やめられなくなった。

星那に触れてもらうことを想像して、何度もそこを慰め、達した。

それは今日まで、八雲が誰にも話せずにいた秘め事の一つだ。

「……ひどくしたくないので、その顔はだめです」

その余裕のない声に、身体の内側からぶるりと震えが起きた。

腰が勝手に揺れてしまう。

「ひどくして、いい……」

「……っ、八雲さん」

「星那が、欲しいんだ。おれも」

本物の熱を感じたかった。

さらに足を大きく開いて、受け入れる場所を見せつける。星那が息を呑んだのがわかった。

星那の感情が昂ぶるのに合わせて、グレアが濃くなる――支配が強くなる。

くらりと意識が揺れたのと同時に、激しい衝撃が八雲を襲った。

「ン、ぁあああ……ッ！」

一気に奥まで貫かれる。それだけで、八雲は達していた。

折りたたまれた身体をびくびくと揺らしながら、自分の腹に白濁をあふれさせる。

はくはくと唇を震わせながら、掠れた嬌声《きょうせい》を上げた。

「あ、ンッ……ひ、ぁ」

指とは比べ物にならない質量と熱が、おかしくなりそうなほどの快楽が八雲の内側で暴れまわっている。

手加減もなしに深くまで穿《うが》たれ、頭の中は真っ白になった。

衝撃を逃がそうと暴れた足先が、何度も空を蹴る。

「せ、なァ……ぁあッ」

名前を呼んでも、星那は何も答えなかった。

身体を密着させた今の状態では、その表情を見ることもできない。

耳元で激しい息遣いだけが聞こえる。時折、苦しそうに漏らす呻き声の低さに、ぞくりと背中が震えた。

腿を支えていた手を外し、星那の背中に腕を回す。

汗で滑る肌に指を食い込ませると、星那の身体がびくりと震えた。

「……せな」

もう一度名前を呼ぶと、星那がゆっくりとした動作で身体を離し、八雲の顔を覗き込んだ。

いつもより鮮やかに見える星那の藍色の瞳に、八雲は一瞬で囚われる。

「ん、ぁ」

「……ッ、すみません、グレアが、うまく調節できなくて……っ」

星那の目から、強いグレアが漏れ出していた。

身体はもう達した後だというのに、さらに強い絶頂感が八雲を襲う。

ビクビクと全身を痙攣させながら、八雲は無意識に星那の背中に強く爪を立てていた。

「や、ぁああ――ひ、ンっ！」

星那の腕にも力が入った。

ぎゅうぎゅうと締めつけるナカの感覚がたまらないのか、そのまま少しも動こうとしない。

苦しそうに息を詰める声が聞こえる。

「っ、く……」

「せな……？　あ、だめ、まだ……ひ、ぁッ」

星那が、突然腰を動かし始める。

拓《ひら》かれた奥を、今度は容赦なく抉《えぐ》られた。

八雲の身体はまだ、最初の衝撃から立ち直れていない。

何もしなくてもびくびくと震えてしまうほど感じているのに、次々与えられる強すぎる快楽にまるで感情が追いつかない。

「あっ、だめ……っ、止まれって！」

制止の声も、星那に届かなかった。

こんなにも近くにいるのに、こちらの声は聞こえていないようだ。

八雲も、すぐに意味のある言葉を発することはできなくなった。口から漏れるのは、途切れ途切れ

の喘ぎだけだ。

容赦なく揺らされ、強く穿たれ、深い場所に熱を放たれる。

それは、一度では終わらなかった。

「――ぁ、あぁ、ンぅ……あぁッ！」

気づけば、再びスペースに入っていた。

何重も気持ちよさを与えられ、まともに思考することもできない。

コマンドで四つん這いにさせられ、獣のように後ろからぐちゃぐちゃに犯されても、星那にされることならそれは幸福でしかなかった。

抽挿《ちゅうそう》のたび、ナカに留めきれなかった白濁があふれ、泡立つ。

ぐちぐちと卑猥な音を立てながら、星那は何度も八雲の最奥《さいおう》を押しつぶした。

それでも、八雲は完全に蕩けきったままだ。だらしなく開いた唇からは赤い舌がはみ出し、星那の動きに合わせて濁った声がこぼれる。

過ぎた快楽に涙を流し続けた目は赤く腫れてしまっていたが、それでもどこか幸せな恍惚の表情を浮かべたままだった。

「あ、ぁ……なんか、くるッ」

「好きなだけ、イってください――俺も、まだ足りない」

八雲の中心は、すでに壊れたように白濁をこぼし続けていた。

星那の昂ぶりに奥を押しつぶされるたび、それに合わせてとろとろと勢いなく吐精している。

そこに、後ろから星那の手が伸びた。

こぼれた白濁を擦りつけるように、大きな手が八雲の中心を刺激する。ぬちぬちと容赦なく責められ、八雲はがくがくと身体を震わせた。

すぐに身体を支えていられなくなる。

腰だけを高く上げたまま、さらに深くまで貫かれた。

「あ、あぁ、だめ――あ、あぁぁ！」

とめどなく、快楽の波が押し寄せてくる。

突如込み上げてきた射精とは違う感覚に、八雲は慌てて首を横に振った。

だが、堪えられない。

「ひぁ、漏れ、ッ……！」

「《イって《Cum》》」

「やぁ、ああああ――ッ」

二人の体液でしとどに濡れたシーツに、新たな液体が飛び散る。

八雲は一際高く叫んだ後、意識を手放した。


星那に頭を撫でられると、本当に幸せな気持ちになれる。

それは、星那がまだ小学生だったあの頃から何も変わらない。

いや、もしかしたら気持ちが通じ合った分、今のほうがもっと多幸感に満ちあふれているかもしれない。

ふわふわとした心地で星那の手の感触を堪能しながら、八雲はすぐ傍にある星那の身体にぴとりと肌を寄せた。

顔も一緒にくっつけると、鼻にふわりと星那の香りを感じる。もっとたくさん吸い込みたくて、すんすんと鼻を鳴らしていると、星那の笑った声が耳に届いた。

その声にまた、幸せな気持ちが広がる。

「大好きです、八雲さん」

「ん……おれも、星那が好き」

素直な気持ちでそう答えていた。

閉じていた目をゆっくりと開く。

スペースの余韻でまだどこかふわふわとしていたが、周りのことはきちんと把握できた。

二人とも、まだ裸のままだった。八雲が意識を飛ばしている間に星那が綺麗にしてくれたのか、身体のベタつきはすっかりなくなっている。

汚してしまったベッドシーツも取り払われ、その代わりなのか、身体の下にはバスタオルが数枚敷かれていた。

「シーツは洗濯中です」

「ごめん、おれ……汚して」

「気持ちよかったですか？　八雲さんの潮吹きが見られて、嬉しかったです」

――あれ……潮だったんだ。

記憶に残っている最後の感覚は、射精と何か違う気がしていた。

てっきり漏らしてしまったのかと思って焦ったが、あれはどうやら潮だったらしい。

一人でするときにいろいろ調べたおかげで知識だけはあったが、実際にそんなことになるとは思ってもみなかった。

コマンドで促されて、イくのだってそうだ。

身体だけでなく頭の奥が強く痺れるような絶頂は、思い出すだけで身体が震えてしまう。

――おれ……星那に、抱かれたんだ。

少しずつ、正気が戻ってきた。一緒に恥ずかしさも膨れ上がっていく。

記憶の中の快感だけでなく、羞恥でもひくんと身体が震えた。

「寒いですか？」

「あ、いや、別にそんなことは……っ」

星那に寒いのだと勘違いされてしまった。

違うと否定したつもりだったのに、あたたかい星那の腕の中に抱き寄せられる。

さらに密着し、触れ合った星那の素肌の感触に、バクバクと心臓がうるさく鳴り響いた。

「身体はつらくないですか？」

「……平気」

「八雲さんのナカ、すごく気持ちよかったです」

――改めて、言わなくていいし。

事後の甘い雰囲気に、八雲はすぐにでも音《ね》を上げてしまいそうだった。

もうスペースに入っているわけでも、グレアを与えてもらっているわけでもない。そんな状況で、星那に抱かれた事実を直視するのは、なかなかつらい。

――嫌なわけじゃない、けど。

単に恥ずかしい。

こうやって、くっついているのだって、さっきは心地よかったはずなのに、だんだん落ち着かない気持ちになってきている。

「照れてる八雲さんは可愛いですね」

「――っ」

星那はこちらの困惑に気づいていたらしい。

八雲の顔を覗き込んで、楽しそうに笑っている。

支配者の顔ではない無邪気な表情は、小学生のときとあまり変わらなかった。

水泳を教えていたときにも、よくこんな顔で笑っていた。

気を許した星那の笑顔だ。

ずっと、くすくす笑っている星那の頬を指でつねってやる。左右に引っ張ってやると、今度は声を上げて笑い始めた。


服を着て、洗濯の終わったシーツをベランダに干す。

シワを伸ばすように両手で叩いていると、星那が後ろから近づいてくる気配を感じた。

「俺がやるのに」

「分担したほうが早いだろ。飯は？」

「用意できました——っていっても、簡単なものですけど」

「よし、じゃあ食べよっか」

二人で部屋に戻り、少し遅い朝食を取ることにする。

星那が用意してくれた二人分の食事が並ぶダイニングテーブルに、八雲が先に腰を下ろした。

「うまそう。あれ？　でもこんなソーセージ、うちにあったっけ？」

「昨日帰りに買ってきました。一緒にスーパーに行ったの覚えてませんか？」

「あー……そういえば」

そんな記憶があるような気もする。

やはり、スペース中の記憶はかなり曖昧らしい。

言われれば、ぼんやりと思い出すことができるが、そこまでしっかりとした記憶ではない。

——って、あんな状態でスーパーに行ったのか？

これは深く考えてはいけないことのような気がする。

ふるふると小さく首を横に振っていると、それを見ていた星那が首を傾げた。

「どうかしましたか？」

「……いや。冷める前に食おう」

気にはなったが、詳しく聞くのはやめておいた。

着席を促すと、向かいの席に星那が座る。

八雲の部屋のダイニングテーブルは二人掛けだが、ここに自分以外の誰かが座ったのはこれが初めてだった。この部屋に客人を招いたことは、一度もない。

ずっと一人の城だった場所に星那がいる。改めて見ても、なんだか不思議な光景だった。

「……八雲さん？」

「ああ、ごめん。なんかぼーっとしちゃって」

「スペースの影響ですか？　それとも、俺が無理させたから？」

「いや！　平気……大丈夫だから。いただきます」

怪しい方向に流れかけた会話を無理やり遮る。

誤魔化すように口に放り込んだソーセージの味に、八雲は目を見開いた。

「う、っま」

「本当だ。美味しいですね」

張りのある皮を歯で破れば、口の中にじゅわりと肉汁が広がる。

スパイスでしっかりと味付けされているのに肉の旨みもきちんと感じるその風味は、安物の味ではなかった。一度、少しお高めのホテルに泊まったときに朝食で食べたソーセージの味に似ている気がする。

「これ……もしかして、高いやつ？」

「お店の人が勧めてくれたやつです。値段は……どうだったかな」

——値段も見ずに買ったのかよ。

レジで財布を出した記憶はない。

ということはこれは全部、星那が買ってくれたものということになる。

「金……半分出すけど」

「大丈夫ですよ。ちゃんと自分のお金なので」

「でも、まだ学生だろ？」

「ですね。研究のほうで報酬は貰ってませんが、別で稼いでるので安心してください」

事も無げに言いながら、星那はトーストを口に運ぶ。

まだ十八歳のはずなのに――いや、昔から星那はしっかりしていたので、こういう風に育ってもおかしくはないのかもしれない。

でも会わないうちに随分と大人になってしまった星那に、寂しい気持ちがないわけではなかった。

「おれのことも、頼ってくれていいんだからな。その……お前とはもう、そういう関係なんだし」

「ッ……はい！　そうします」

星那が弾んだ声で答える。

自分の言葉でこんなにも嬉しそうな表情を見せてくれる星那が、愛おしくてたまらなかった。

†

その日の夕方、八雲は星那と一緒に景塚家を訪れた。

この家に来るのも、丸五年ぶりだ。

迎えられたダイニングには星那の両親と、Ｓｕｂの二人が揃っている。

テーブルの上には豪華な食事が並べられていた。

一日遅れの星那の誕生日パーティーらしい。

「ごめんな、星那……昨日、お祝いも言わないで」

隣に座る星那にこっそりと謝る。昨日が誕生日だと覚えていたはずなのに、いろいろなことが一気に起こりすぎて「おめでとう」を言うのすら忘れてしまっていた。

挙句《あげく》、朝食まで星那に作らせるなんて、自分を叱ってやりたくなる。

「いえ。スペースに入ってたんだから仕方ないですよ。それに……それよりも大事なものを、たくさん貰ったので」

「ちょ……っ」

耳元で囁かれた内容に、八雲の顔は一瞬で熱くなった。

慌てて、両手で星那の身体を押し返す。

動揺する八雲の様子を、向かいに座る由汰が意味深な表情を浮かべながら見つめていた。何か言おうとしたところを、蓮司に止められている。

「こちらも、おめでとうかな」

代わりにそう言ったのは、星那父だった。

相変わらずマイペースに食事を進めていたはずなのに、いつからこちらを見ていたのだろう。

口を拭きながら、満足そうな笑みを浮かべている。

その視線はまっすぐ八雲に向けられていた。

グレアはもう平気なはずなのに、その視線にはやはり緊張してしまう。そんな八雲の腕を、隣から星那が強い力で引っ張った。

「父さんはあんまりこっちを見ないでください。八雲さんも、見ちゃだめです」

「え……、星那？」

不機嫌そうな声と同時に、八雲の視界を星那の手が遮った。

そのまま、肩に手を回して引き寄せられ、ぐっと強い力で抱きしめられる。突然のことに、八雲は動揺を隠せなかった。

「独占欲の強すぎるＤｏｍは嫌がられるぞ？」

「……っ」

この二人の関係も相変わらずらしい。

父親の言葉が響いたのか、星那が渋々といった様子で八雲から手を離した。

拗《す》ねたように口を尖らせ、八雲を覗き込む星那の顔は、小学生の頃とまるで変わっていない。

思わず噴き出してしまった。

「新しいカップル誕生にかんぱーい！」

「……あ、ちょっと、由汰」

「別にいいじゃん。めでたいことなんだしさ!!　星那っちも八雲っちも、五年も我慢するなんて忍耐力強すぎだよなー」

「まあ、そうだね。おめでとう。二人はいいパートナーになれると思うよ」

「そうそう！」

この二人も変わっていない。

由汰はぐっと親指を立てながら、大口を開けて笑っていた。

どうやら、もう出来上がっている様子だ。

「ねえねえ、一つ聞いていいー？」

手を上げながら、由汰が立ち上がった。

口元に手を当てながら、内緒話をするように八雲たちのほうへ、ずいっと身体を乗り出してくる。

「さっき八雲っちが歩きにくそうにしてたのは、やっぱり星那っちにがっつかれたからなの？」

そういうところも、何も変わっていないようだった。


「俺の部屋に寄っていきませんか？」

帰る前、そう星那に誘われた。

星那の部屋に行くのは、これが初めてだ。

この家にはこれまで何度も訪れていたが、グレアの練習はいつもリビングでしていたし、プールで一緒に泳いだ後は備えつけのシャワーで身体をあたためたら、すぐに帰っていた。

実は二階に上がったことすら、一度もない。

階段を上がってすぐの扉が、星那の部屋だった。星那が先に部屋に入る。

八雲も少し遅れて、その扉をくぐった。

「置いてあるものは五年前のままですけど、ちゃんと掃除はしてくれてるみたいですね」

星那の部屋はきちんと片付いていた。小学生のときのままだと星那は言ったが、そうとは思えないぐらい落ち着いた部屋だ。

見えるところに、漫画やおもちゃといった子供が好みそうなものは何もない。

あまり小学生らしい部屋ではなかった。

本棚に入っている本も、難しそうなものばかりだ。

「あ、プログラミングの本……」

「八雲さんと共通の話題になるかと思って読んでみたんですけど、結構難しかったです」

それは当然だ。ここにあるのはどれも、子供向けに書かれた本ではない。

星那が学校から留学を勧められた理由が、これだけでなんとなくわかった気がした。

「なんか懐かしいですね」

「そういえば、またこの家に住むのか？」

「いえ。しばらくしたら、また向こうに戻るんです。卒業もまだだし、研究も途中なので」

「あ……そう、なんだ」

そういえば、まだ学生だと言っていた。

星那に会えたことが嬉しくて、もうずっとこっちにいるんだと、勝手に思い込んでしまっていた。

「今度は八雲さんも一緒に連れていきますからね」

「え……」

「当たり前でしょう？　ちゃんと美東さんには了承を得ていますよ。八雲さんなら、日本じゃなくても仕事は問題なくやれるだろうって」

「え、え……ちょっと待って。なんで星那が美東のことを知って……」

「勝手にすみません。どうすれば八雲さんと一緒にいられるかって、そればっかり考えてて。もちろん、八雲さんの意思を尊重します。八雲さんが日本を離れたくないなら……そのときは」

「行く」

星那の言葉を遮るように、即答していた。

驚いたが、嫌なわけがない。星那と離れていて我慢できないのは、八雲だって同じだ。

今だって、星那が向こうに戻ってしまうのだと聞いてショックだった。大人げないと言われようと、星那のことだけはもう譲れそうにない。

「あ、でも……おれ、日本語しか話せないけど」

「大丈夫です。不便な思いはさせません。それに、卒業したら日本に戻ってくるつもりなので」

「わかった。星那が大丈夫だって言うなら信じる」

「はい！　信じてください！」

やっぱり、星那は可愛い。こんなに立派になったのに、八雲にとっては星那は可愛くて愛おしい存在であることに変わりなかった。

小学生の頃の星那を思い出しながら、八雲は星那の育った部屋をぐるりと見回す。

ふと、あることを思いついた。

「なぁ、星那。そこ座って」

「？　いいですけど」

八雲が指さしたのは、学習机の前にあるデスクチェアだ。キャスター付きのそれは明らかに子供用のサイズだったが、肘掛けのないタイプなので今の星那でも座れないことはない。

座面をくるりと自分のほうへ向け、そこに星那を座らせた。

「やっぱり、これぐらいだ」

「何がですか？」

「小学生のときの星那の身長。ちょうど、これぐらいだったなって」

懐かしい目線の高さだった。

一歩後ろに離れて眺めていると、星那も何かを思い出しているのか、八雲のほうを見上げながら目を細めている。

「こうやって八雲さんのことを見上げながら……ずっと、早く俺だけのものになればいいのに、って思ってました」

そう、ぽつりとこぼした。

——それは、おれも同じだ。

一歩近づくと、それに気づいた星那が腕を広げた。

八雲の胸元に顔をうずめるように、ぎゅっと抱きついてくる。

そんな仕草も、昔に戻ったようで懐かしい。

星那が片手を、八雲の首元へと伸ばした。そこには今日も星那のブレスレットを改造して作った、あの首輪がつけられている。

「ちゃんとした首輪、贈らせてくださいね」

「おれからも、星那に指輪を贈りたい……できれば、お揃いのやつ」

「――っ」

息を呑んだ星那が目を丸くして、八雲を見上げていた。

――なんで、そこで驚くんだよ。

自信に満ちているのかと思えば、たまにそんな表情を見せる。自分を信じろと言うくせに、星那はこちらのことを信じていないのだろうか。

そんな風に考えてしまう。

――いや、もしかして……星那は本当に。

一つの可能性に行き当たる。

少し試してみたいことができた。

「――なあ、星那。グレア欲しい」

「今……ここで、ですか？」

「そう。あと、おれにＫｎｅｅｌって言って」

そんなおねだりを八雲からしたのは、あの日以来だ。

星那も同じ日のことを思い出したのか、少し苦々しげに表情を歪めた。

――そうだ。星那がおれを信じられないのだとしたら、それはおれのせいだ。

あの日のことが、星那の心の傷になっているのなら、それが八雲のことを心から信じられない原因になっているのだとしたら、それは全部、八雲のせいということになる。

その予想はどうやら、間違っていないようだった。

星那は決して言葉にしないが、今の表情がすべてを物語っている。

——それなら今度こそ、信じさせてやればいい。

迷子の子供のような表情を浮かべている星那の頭に触れる。

昔、まだ小学生だった星那にそうしたように、抱き寄せながら優しく撫でてやった。

こちらを見上げる星那の表情が、少しだけ緩む。

「早く——星那のグレアが欲しいんだ」

「……はい」

躊躇いがちなグレアでも、それが星那のグレアであれば、八雲にとっては極上に違いなかった。

気持ちよさに、とろりと頭の芯が蕩ける。

昔のようにまっすぐ見上げてくる星那のグレアを受け止めながら、八雲はコマンドを待った。

「——八雲さん、《跪いてください《Kneel》》」

星那の足元に跪く。

いつもなら、星那の目の前にただ座るだけだったが、今日はそのまま星那の足に身体をぴたりと寄せた。太腿に頭を預け、そっともたれかかる。

「おれは……お前以外に、支配されるつもりはないから。一生、星那だけのＳｕｂでいる。この約束だけは、絶対に守るから」

「っ、……ずるいですよ、そんなの」

星那の涙声に、八雲の胸も熱くなった。

一度姿勢を正し、今度は床まで頭を下げる。星那の足先に唇を押しつけた。

他の誰にもこんなことをしたいと思ったことはない。

だけど、星那だけは――このＤｏｍだけは特別だ。
自分のすべてを捧げたい、そう思った。
星那の手が、優しく八雲の頬に触れる。顎を持ち上げられ、目が合った。
――見上げるグレア。
出会ったときから変わらない、星那の優しい支配。
あたたかなグレア。その向こう側にある、愛するＤｏｍの瞳をじっと見つめる。
ふと、伝えたい気持ちが大きく膨らんだ。
「愛してるよ、星那」
その告白に、くしゃりと星那の顔が歪む。
涙に濡れている紺藍の瞳は、いつ見上げた星空よりも美しく輝いて見えた。

求めるものと、願うこと

星那《せな》が日本に戻ってきてから十日。

再会してからも同じだけの日数が過ぎたはずだが、八雲《やくも》にとってはいまだに慣れないことのほうが多かった。この生活もそのうちの一つだ。

星那とは十日間、ずっと同棲のような状態で過ごしていた。

景塚《けいづか》家での誕生日パーティーの後、星那はそのまま実家に戻るのだと思っていたのに——八雲の予想を裏切って、星那は当たり前のように八雲の部屋で一緒に生活を送っている。とはいっても、星那も休暇で戻ってきているわけではないので、部屋にいても忙しそうにしていることが多かった。

パソコンの画面越しに、日本語ではない言葉で誰かと話しているところをよく見かける。

今も奥にある寝室のほうから、星那の声が漏れ聞こえていた。

「……いい声してるよなぁ、星那って」

八雲も仕事中だというのに、うっかり聞き惚れてしまいそうになる。日本語以外の言語はほとんど理解できない八雲にとって、星那の声はちょうどいい作業用BGMになっていた。

「ふう。納品終わったー……」

そんな心地よいBGMのおかげか、予定より少し早く仕事が終わった。

これで、今週納品予定の仕事はすべて終わったことになる。

明日は土曜日。この週末はいつもと違い、特別な週末になる予定だった。

「お疲れさまです。八雲さん」

愛用のチェアのリクライニングに体重を預け、ぐっと身体を伸ばしていると、後ろから星那が声を掛けてきた。同じタイミングで通話を終えたらしい。星那が八雲のすぐ傍《そば》まで来る。

ふわり、と揺れた部屋の空気が、星那の香りを届けてくれた。

「そっちもお疲れさま。今日も白熱してたじゃん」

「うるさかったですか?」

「いや、全然。なんの話してるかも、わかんないし」

「最近は催促ばかりですね。ルームメイトが時間にルーズなので困ってます」

星那はそう話しながら、八雲の髪に指を滑り込ませてきた。しばらく伸ばしっぱなしの八雲の髪は、毛先が肩につくほどの長さになっている。恵斗《けいと》に勧められたトリートメントを使っているので指通りのよさには自信があったが、そうやって誰かに触れられるのには慣れていなかった。

くすぐったさに首を竦《すく》めると、星那が、ふっと息を漏らすように笑う。

「明日はちゃんと休めそうですか?」

「ちゃんと休めるよ。予定どおりに納品したし、なんなら一件前倒しで納品してやったから、休みは確実だろ」

「八雲さんとデートするの、楽しみです」

はにかむように笑った星那の可愛らしい表情に、とくりと鼓動が高鳴る。

そう。明日は星那とデートする予定だった。

星那と付き合うことになってから、ちゃんとしたデートはこれが初めてだ。

行き先は隣県にある、大型テーマパーク。星那がまだ小学生だった頃に、自宅のツリーを見上げながら『行ってみたい』と言っていた、あのテーマパークに行くことになっていた。

「明日は早起きの予定だし、さっさと飯と風呂済ませなきゃだな」

「そうですね。じゃあ、ご飯にしましょうか」

今日の夕食は、星那父直伝レシピの煮込みハンバーグだった。


まだ夜が明けきる前から、出掛ける準備を始める。

普段の朝より随分と早い時刻に朝食を食べ終え、二人ともあとは着替えを残すだけだった。

ちょうど着替え終えたタイミングで、星那が声を掛けてきた。八雲のいる寝室とリビングを仕切っている引き戸の隙間から、ひょっこりと顔を出す。

「準備、終わりましたか？」

無言で八雲の顔を数秒眺めた後、目を細めて、にっこりと笑みを浮かべた。

「八雲さん、今日も可愛いですね」

「それ……十一歳も年上の相手に向かって言うことじゃないだろ」

星那は昔からよく、八雲のことを『可愛い』と褒める。

こんなにも年の離れた相手を可愛いと言うのは、どうなのだろうか。

「………そもそも、可愛くないだろ」

ぽつりと呟いた八雲の下に、星那が大股で近づいてくる。

笑顔のまま、爪先同士が触れるほど近くに立つと、ぽんっと八雲の両肩に手を置いた。

「可愛いんだから、認めてください。あと、今の年齢差は十歳です」

細かい。それに星那はこういうとき、かなり圧が強い。八雲も負けじと間近にある星那の顔を見上げたが、にっこりと微笑む美形の凄みに負け、言葉は何も出てきそうになかった。

項垂《うなだ》れて、はぁっと溜め息をつく。もう一度顔を上げて、ふと、星那の服装に意識が向いた。

「……あれ？　星那ってそんな服、持ってたんだ」

シンプルな服を好む星那にしては珍しい雰囲気の服だった。

黒が基調のモノトーンで色合いだけ見ればシンプルだが、よく見るとデザインはかなり凝《こ》っているのがわかる。星那がこういったデザインの服を着ているところを見るのは初めてだ。

「誕生日に、蓮司《れんじ》さんから貰ったんです」

星那はそう答えると、モデルのようにその場で、くるりと回ってみせた。

――蓮司さんがくれた服、ってことは。

星那の着ている服は蓮司とそのパートナーである由汰《ゆた》が代表を務めるブランド、YRのものに間違いなかった。上は複数の異素材が組み合わされた左右アシンメトリーなドレスシャツ、下はポケット部分がドレープになっている、てろんと柔らかい素材で仕立てられたワイドパンツだ。

どちらもルーズなシルエットなのに全くもたついて見えないのは、長身でスタイルのいい星那が着ているおかげだろう。同じ服を八雲が着たら、残念な結果になることは目に見えている。

ここ数年、YRは過激なボンデージファッションだけでなく、こういったモード系のデザインの服も手掛けていた。ボンデージ系のほうはこれまでどおり由汰が、モード系のほうは蓮司がそれぞれメインデザイナーを務めている。最近では、俳優やアーティストへの衣装提供などもしているらしく、YRというブランドの人気と知名度は、うなぎ登りなのだそうだ。

「ちょっと意外だったけど、すごく似合ってるな。それ」

YRの服といえば、常人には着こなすのが難しいデザインのものばかりのイメージだったが、整った顔立ちで、どこかミステリアスな雰囲気のある星那には、とてもよく似合っている。

全体が黒っぽい配色のおかげで、いつも以上に星那の藍色の瞳が鮮やかに目立って見えた。

吸い込まれるように、目が離せない。

「ありがとうございます。ただ……あんまりじっくり見られるのは、恥ずかしいです」

「あ……ごめん。つい」

星那が照れた表情を見せるので、八雲までつられて照れてしまった。

「八雲さんの服も素敵ですよ」

「……コーディネートしてくれたのは、恵斗だけどな」

今回も八雲の服を選んだのは、アパレル関係の仕事をしている八雲の親友、恵斗だった。

星那に比べると、八雲の格好はかなりシンプルだ。中に着ているボートネックのシャツだけは鮮やかなインディゴブルーだが、下は黒のスキニージーンズだし、上に羽織っている春用のステンカラーコートも濃いめのグレージュという落ち着いた色合いだった。

地味に思われそうなコーディネートだが、それぞれが洗練されたシルエットであるおかげで、そこまで地味な印象はない。逆にこれ以上、派手なものを選ぶと八雲の顔のほうが負けてしまうので、このぐらいがちょうどよかった。八雲のことをよく知っている恵斗らしい、絶妙なチョイスだ。

「んじゃ、そろそろ出よっか」

「はいっ。行きましょう」

声を弾ませた星那の声に、八雲も気持ちが昂《たか》ぶるのを感じた。

†

週末のテーマパークは多くの人であふれ返っていた。さすがは大人気スポットというだけある。

入場ゲート前に長蛇の列ができていたのには驚いたが、開園前に到着するようにしておいたおかげで、開園時間の二十分後には八雲たちも無事にパーク内に入ることができた。

「……すごい人ですね」

星那は、ずっと圧倒されている様子だった。周りのものがなんでも珍しく見えるのか、目をぱちぱちと瞬かせながら、あたりを何度も見回している。

「ほら、星那。早く行かないと、アトラクションもめちゃくちゃ並ぶから」

「あっ……はい！」

最初に目指すのは、一番人気の絶叫アトラクションだ。半年前にできたばかりのアトラクションなので、オープン直後の空いている時間帯を逃すと、待ち時間だけでかなりのタイムロスになる。まずはそれに乗ろうと、先に星那と話し合って決めていた。

「急いで来たのに、もう四十五分待ちなんですね」

「それでも短いほうだって」

四十五分の待ち時間ごときで驚いていたら話にならない。入り口で立ち止まりかけていた星那の背中を押しながら、アトラクション施設の中へと入る。蛇行する待機列の一番後ろに並んだ。

八雲の隣に寄り添うように立った星那が、じっと意味深な表情で八雲の顔を見下ろしてくる。

「どうした？」

「いえ……さっき、八雲さんが笑ってたのが気になって。何か面白いものでもあったんですか？」

「……うん？　ああ、あれか」

一瞬なんのことかわからなかったが、すぐに思い至る。

星那が気にしていたのは、このアトラクションに入ってくる少し前の出来事だった。

入り口前に置かれていたものを見て、我慢できずに噴き出してしまったのだ。

「五年前の星那のことを思い出して、懐かしいなって思ってただけだよ」

「昔の俺のこと、ですか？　でも……笑ってたじゃないですか」

「だってさ。あの頃の星那だったら、このアトラクション乗れなかったんじゃないのかなって。そのことに気づいて、しょんぼりする星那の顔とか想像しちゃったんだよ」

「乗れないって……どうしてですか？」

「入り口のとこに書いてあっただろ。身長制限」

アトラクションの入り口には、注意事項の書かれた看板があった。身長制限もその一つだ。

このジェットコースターの身長制限は一四〇センチ。当時の星那だったら、乗れずに落ち込んでいたのではないのかと想像してしまったのだ。

「昔でも乗れましたよ」

「え？　でも、あの頃の星那って一四〇センチなかったんじゃ」

「ありましたって！」

「うっそだろ……だって、おれのここぐらいしかなかったじゃん」

八雲はそう言って、自分の胸のあたりを示した。それを見て、「そこまで小さくなかったです」とムキになって言い返してくる星那がなんだか可愛い。

「小六の四月には一四〇センチあったので間違いありません。確かに……小さいほうだったけど」

「そうだったのか。ごめんって……そんな睨むなよ。ってか、星那っていったい、そこから何センチ伸びたんだよ。今って身長どんぐらい？」

あの頃は頭一つ分以上、八雲のほうが大きかったのに、今ではすぐ隣に並ぶと見上げなきゃいけないぐらい星那のほうが大きかった。身体の厚みまで、完全に負けている。

「最後に測ったときは、一八六センチでしたけど……もう一年近く前のことなので」

「え……やばいな。伸びすぎだろ」

同じ五年間で八雲の身長は数ミリしか変わらなかったのに、驚きの成長具合だった。

改めて身長を確認するように、星那の頭に手を乗せる。

動いた拍子に、前に並んでいた女性の鞄《かばん》にぶつかってしまった。

「あ、すみません」

謝りながら、振り返る。女性もこちらを振り返った。

八雲を見て「大丈夫です」と答えた後、隣に立つ星那の顔を見上げて、一瞬大きく目を見開く。

すぐに表情を取り繕っていたが、動揺は全く隠せていなかった。女性が前を向いた後、興奮した様子で隣の友人に、星那のことを「かっこいい」と話しているのが聞こえてしまう。

――星那って、やっぱり目立つよなぁ。

今日、こういった反応をされるのは初めてではない。

移動の電車の中でも、開園待ちの列でも、星那は周囲の視線を集めていた。

八雲も星那の顔に見惚れてしまうことがあるので、人のことは言えない。再会してからまだ二週間も経っていないので、毎日一緒にいるとはいえ、まだこの顔に慣れたとは言いがたかった。

ちらっ、と横目で星那の顔を見る。

――絶対にイケメンになるとは、思ってたけどさ。

小学生の頃から美形タイプのイケメンの片鱗《へんりん》は見せていたし、将来有望な顔だとも思っていたが、ここまで立派に成長するなんて。

さらりと揺れる黒髪と、意志の強そうな眉は昔から変わらない。すっと通った鼻筋と、色気を感じる目元は母親であるユリナ譲りだろう。長い睫毛《まつげ》に縁取られた藍色の瞳は、じっと見つめられるだけで心臓に悪い。成長した星那の顔を見慣れる日は、まだまだ来そうになかった。

八雲は星那の顔から、そっと視線を外して、小さく溜め息をこぼす。

また、こそこそと星那の噂をする声が聞こえてきた。「かっこいい」「やばい」と言いたくなる気持

ちは痛いほどわかるので、八雲もこっそりと心の中で同意する。

——おれのことまで見てくるのは、ちょっと勘弁してほしいけど。

星那の隣にいるせいか、視線は八雲にも向けられていた。

今もどこからか、ちくちくと刺さるような視線を感じている。

「八雲さん、どうかしましたか？」

視線を気にする八雲の動きが挙動不審に映ったのか、星那がこちらを気に掛けてきた。

「いや、なんでも——」

答えながら顔を上げた瞬間、列の向こうからこちらを見ていた高校生らしき二人組と、星那の肩越しにばっちり目が合ってしまった。先ほどから感じていた視線は、彼女たちのものだったらしい。

何か話していた二人組が、気まずげに目を逸らすところまで目撃してしまい、なんともいえない気持ちになる。だが、こういう反応をされるのも、これが初めてではなかった。

——おれのことも、なんか噂されてんのかな。

そう考えてしまっても仕方ないぐらい、二人組の反応は不自然だった。

あんな気まずそうな顔をしたということは、あまりいい噂ではなかったのかもしれない——そんなネガティブな思考に囚われそうになって、八雲はふるりと首を横に振る。

「大丈夫ですか？」

「……うん、平気。なんでもない」

星那にはそう言って適当にはぐらかしたものの、小さなしこりのような不快感はしばらく消えないままだった。

「おっもしろかったですね!!　なんですか！　あれ!!」

生まれて初めて乗った絶叫アトラクションが、星那は随分とお気に召した様子だった。興奮した子供のように大声を上げながら、八雲の手を両手で掴んで、ぶんぶんと上下に振り回してくる。

「最高だったな！　落ちる角度えぐすぎだったし」

八雲もかなり興奮していた。ジェットコースターの類は元々好きだったが、十年ぶりでもその感覚は変わっておらず、楽しそうな星那の隣で、こちらもめいっぱい楽しんでしまった。

「落ちるし、捻《ひね》るし、回るし！」

「星那、語彙力が残念なことになってるぞ」

「八雲さんは、ずっと笑ってましたね！」

「あー……おれ、ジェットコースターに乗ると笑いが止まらなくなるんだよ」

昔からそうだった。ジェットコースターに乗ると笑いが止まらなくなってしまう。

自分の身体が振り回される感覚が笑いのツボに入ってしまうらしく、どうやっても止めることができなかった。日常でも声を出して笑う機会なんて滅多《めった》にないのに、さっきも大爆笑してしまったせいで、八雲の目の端にはまだ涙が浮かんでいる。

「あんなにも大声で笑ってる八雲さんは新鮮で、すっごく可愛かったです」

「だからー……可愛いとか」

「でも、あっという間でしたね。もう一回乗りたいなぁ」

「次乗ろうと思ったら、一五〇分待ちらしいけど？」

「…………うう。それは厳しそうですね」

八雲だってできることならもう一度乗りたかったが、それをしていたら他のアトラクションを楽しむ時間がなくなってしまう。せっかく来たのに、それではもったいない。

「よし。んじゃ、今日は絶叫アトラクションを制覇するか」

「制覇ですか？」

「他にもあるからな。濡れたり、落とされたり、振り回されたり」

「どれも面白そうですね！」

八雲の雑な説明に、星那が目を輝かせて食いついた。水に濡れるアトラクションは王道だから絶対に外せないし、垂直落下系は好みが分かれるが、星那がどんな反応を見せてくれるか楽しみだ。

「早速、次のやつ行くか」

「はいっ！」

今日の二人の目標が決まった。


「五つ目はどれに乗りますか？」

昼過ぎまでに四つのアトラクションを乗り終えた。五つ目を前に、今は少し遅い昼食タイムだ。

テーブルにガイドマップを広げながら、星那は大口でハンバーガーを頬張っている。

星那はいまだに成長期なのか、食べる量がかなり多い。食べ方も十八歳の青年らしく豪快だった。

八雲はまだ一個日すら食べ終えていないのに、すごい勢いで二つ目のハンバーガーが星那の口の中へと吸い込まれていく。まるで飲み物のようだ。

「ここから一番近いのだと、これ？　あ、でも先にこの奥のやつに行ったほうが効率的に回れるかも。これに乗ってから、こっちの二つかな」

付け合わせのポテトを口に運びながら、八雲も一緒にガイドマップを覗き込んだ。

八雲のテンションもずっと上がりっぱなしだ。気を抜くとすぐに、いつもより早口で、声も大きくなってしまう。またそうなってしまっていたことに自分で気づいて恥ずかしくなり、八雲は誤魔化《ごまか》すように残りのハンバーガーを口の中に押し込んだ。

冷えたコーラで一気に流し込んで、ほうっと息をつく。

「食べ終わったやつ、下げてくるな」

「ありがとうございます」

トレイを持って席を立った。時刻は午後二時過ぎと昼食の時間にしては少し遅かったが、店の中はまだ混雑している。テーブル席は、ほとんどが埋まっていた。

広い店内をはしゃいで駆け回る子供たちを避けながら、返却口にトレイを戻す。

星那の待つテーブルに戻る途中、前から歩いてきた女性たちの話し声が聞こえてきた。

「窓際に座ってた人、めちゃくちゃかっこよかったね。着てたのYRでしょ？　似合いすぎだったし」

「ほんとそれ。異次元レベルのイケメンだった」

二人が星那のことを噂しているのは間違いなかった。

八雲は心の中で大きく頷きながら、女性たちの横を通り過ぎる。

「連れがいたのは残念だったけどねー」

「超お似合いの美女だったじゃん。あれは勝ち目ないって」

——え……連れ？　美女って？

その連れというのが、自分のことではないのは明らかだった。

思わず女性たちのほうを振り返ったが、何もわかるはずがない。八雲は足早に店内を進むと、窓際の席が見えるところまで来た。物陰に身を隠して、そっと星那のほうを見る。

「……誰だ、あの人」

女性たちが噂していたとおり、星那の隣には見知らぬ誰かがいた。

相手は鮮やかなストロベリーブロンドの髪を持つ、華やかで美しい女性で外国人のようだ。

星那の打ち解けた表情からして、女性とは初対面の雰囲気ではない。

二人は顔を至近距離に近づけながら会話を交わし、楽しそうに笑っていた。

女性が自然な動作で星那の肩に腕を回す。星那もその手を振り払ったりせず、当たり前のように受け入れていた。それどころか、星那からも女性に耳打ちするように顔を寄せている。

超お似合いだった——そう話していた女性の声がフラッシュバックして、もやっと黒い感情があふれそうになった。慌てて首を横に振ったが、そんなことでは誤魔化せそうにない。

「……留学先の知り合い、とかかな」

なんとか冷静に導き出した答えを、八雲は自分に言い聞かせるように口にした。

一緒に日本に来ている大学の友人と偶然この場所で会っただけ——そう無理やり結論づけたものの、気持ちがすっきりと晴れることはない。むしろ、ぐちゃぐちゃなままだ。

こんな気持ちのまま、星那の下に戻れる気はしなかった。

「お手洗いに、行ってこようかな……」

別に逃げ出すわけじゃない。言い訳するように呟いて、八雲は踵《きびす》を返した。


「何やってんだろ……おれ」

ハンバーガーショップのすぐ裏手に、ひと気のない場所を見つけた。

八雲はベンチで項垂れながら、地面に向かってぽつりと呟く。一緒に長い溜め息をついた。

――別に、逃げ出す必要なんかなかっただろ。

隣に誰がいようと、気にせずに話し掛ければよかったのに。

それができない自分に、ほとほとうんざりする。

「……早く、戻ったほうがいいんだろうけど」

このままじゃ、星那に心配をかけてしまう。そうわかっているのに、根が生えてしまったみたいにベンチから立ち上がることができなかった。

気分がひどく落ち込んでしまっているせいだ。

あれぐらいの触れ合い、友人同士であれば珍しくはない。

理解はしているのに、自分でも驚くぐらい激しく動揺してしまっている。

「……おれに、自信がないせいだよなぁ」

自分が逃げ出してしまった原因には気づいていた。

星那のことは信じている。疑う気持ちなんてない。それなのにすぐに不安になってしまうのは、八雲が自分に自信を持てないせいだ。

周りの視線や声を、必要以上に気にしてしまう理由も同じだった。

星那が注目されることが問題なのではない。あれだけ目立つ容姿なのだから、星那が人の視線を集めるのは当然だ。ただ——そんな星那の隣に立つ自信が、八雲にはない。

一緒にいるのが本当に自分でいいのかと、そんな風に考えては、勝手に不安になってしまう。

それこそが、八雲の抱えている問題だった。

「…………くそ」

どうやってもうまく感情を制御できなくて、八雲は俯いたまま、きゅっと唇を噛みしめる。

そんな八雲の肩に、誰かの手が触れた。

「っ……星那？」

思い当たる人の名前を呼びながら顔を上げる。だが、そこに立っていたのは星那ではなく、先ほど星那と親しげに話していたストロベリーブロンドの持ち主だった。

——なんでこの人が……ここに？

混乱する八雲とは対照的に、女性は楽しげに笑いかけてくる。

「セナでなくて悪いな。君と少し話したいんだが、構わないか？」

さらには、親しげに話し掛けてきた。

春の若葉のような淡いグリーンの瞳を輝かせながら、ずいっと顔を近づけてくる。

「隣に座っても？」

「え、っと………」

まだ答えていないのに、女性は八雲の隣にどかりと腰を下ろした。

肩に担いでいた重そうな鞄を自分と八雲の間に置き、ふうっと短く息を吐き出す。

近くで見ても、美しい人だった。

背が高くてスタイルもいい。白シャツに淡いブルーのジーンズと、ファッションにはあまり特徴がなかったが、そのシンプルさが本人の華やかさを引き立てている。

表情からは自信が満ちあふれていて、今の八雲には眩《まぶ》しく感じるぐらいだった。

八雲は顔を顰《しか》めて視線を逸らす。これ以上、女性を直視できなかった。

「セナの下に戻ってこなかったのは、私が一緒にいたせいか？」

「……っ」

隠れて見ていたつもりだったのに、まさか気づかれていたとは思わなかった。

女性からの直球すぎる質問に、八雲は俯いたまま小さく息を呑む。

「………」

この質問の意図はなんだろう。女性がなんのために自分に接触してきたのかもわからない。

下を向いたまま返事に悩んでいると、ははは、と女性の軽やかな笑い声が降ってくる。八雲は驚いて顔を上げた。

「笑ってすまない。こんな野生動物のように警戒されるとは思っていなくてな」

「野生、動物……？」

「気に障《さわ》ったか？　日本語を話すのは久しぶりでな。表現がおかしいのは許してくれ」

女性はそう言ったが、その日本語は驚くほど流暢《りゅうちょう》でイントネーションにも違和感はなかった。さばさばとした話し方に驚きはしたものの、女性の快活な雰囲気にはよく似合っている。

「まだ名乗っていなかったな。シルヴィアだ。君はヤクモだろう？　セナから話は聞いている」

「…………」

「私とセナの関係が気になっているって顔だな」

シルヴィアはそう言うと、八雲の顔を指さしながら、唇の端を上げて微笑む。

こちらの心を読むようなシルヴィアの発言に、八雲は口を挟むことができなかった。

「君を見ているとインパラに会いたくなってくるな。そんな警戒しなくていい。私とセナは君が心配しているような関係ではないよ。あの子とは家族のようなものだ」

「家族……ですか？」

「私はユリナの――あの子の母親の元プレイパートナーだ」

シルヴィアの口から飛び出した思いがけない言葉に、八雲は大きく目を見開いた。

「……ユリナさんの？」

「ああ。私がユリナとそういう関係だったのはセナが生まれる前の話だから、もう二十年近くも前のことになるのか。だから、あの子とも付き合いだけは長いんだ」

自分と同世代ぐらいに見えたのに、シルヴィアの年齢が急にわからなくなる。

シルヴィアはそんな八雲の戸惑いにも気づいたらしく、「君は全部、顔に出すぎだな」と、今度は声を上げて笑い始めた。オーバーアクション気味に手を叩いた後、今度は強い力で八雲の背中をバンバンと叩く。あまりに自然に触れてきたので驚いた。

どうやら、シルヴィアはパーソナルスペースが極端に狭いタイプらしい。

「セナとは偶然、顔を合わせただけだ。だから、警戒する必要はない」

「……………す、すみません」

「いや、私も君の気持ちがわからないわけではないからな。不安になりやすい性は困りものだ」

――そっか……ユリナさんのプレイパートナーってことは、この人も。

全くそう見えなかったが、Ｄｏｍであるユリナのパートナーということは、シルヴィアも八雲と同じＳｕｂ性ということになる。これだけ自信に満ちあふれている人でも、今の八雲のように些細なことで不安になったりするのだろうか。

「信じられないか？　私とユリナが関係を解消することになったのは、それが原因だぞ」

その疑問も顔に出てしまっていたのか、シルヴィアが言葉を付け加えた。

「あ、そういえば……元、って」

「お互いの愛の重さが違っただけなんだがな。それだけのことで耐えられなくなってしまうぐらい、この性は不安定で本当に厄介なんだ――その点、君とセナは心配なさそうだがな」

「……………そう、見えますか？」

「ん？　なんだ。君はそう思っていないような口ぶりだな」

八雲がうっかり漏らしてしまった不安に、シルヴィアが気づいて反応した。

初対面の相手を前に迂闊《うかつ》だったと後悔したが、誤魔化そうにも言葉が出てこない。俯いて黙り込んだ八雲の肩に、シルヴィアがそっと手を添えた。

「別に責めているんじゃない。セナに何か言いつけるつもりもないさ」

八雲をこれ以上、不安にさせないようにと思ってくれているのが、穏やかな声色から感じられる。肩に触れている手からも、シルヴィアの優しさが伝わってきた。

「ヤクモはセナの気持ちを疑っているのか？」

「それはないです」

「即答か。では、君がセナを想う気持ちのほうに問題があるのか？」

「それもありません」

「そうか……では、君が気にしているのは周りのことだな」

たった二つの質問で、悩んでいたことを言い当てられてしまった。

あえて頷かなかったが、黙っているのも肯定と変わらない。

「そういうことが気になるとき、原因は周りじゃなく自分の心の内にあることが多い……というのは、君なら言わなくてもわかっていそうだな」

「…………」

同じＳｕｂだからか、シルヴィアは八雲の思考パターンをよく理解しているようだった。

的確に突いてくるシルヴィアに、八雲はうまく言葉を返せない。

「不安に影響されやすいというのは、本当に厄介な性質だと思うよ。なんでもないことがきっかけで、急にすべてが信じられなくなったりする」

シルヴィアにも、そんな経験があるのだろうか。重みのある言葉だった。

何か思い出すような表情を浮かべていたが、八雲の視線に気づいて、すぐに表情を戻す。

「そんな心配そうな顔をしなくてもいい。今は最愛のパートナーもいるからな」

シルヴィアは笑顔でそう言うと、首元で輝くゴールドのチョーカーを指さす。

シルヴィアの首を飾るそれは、パートナーから贈られた親愛の証《あかし》――首輪だったらしい。

「それにしても、ヤクモ。君は随分とクマが濃いな。不安の原因はこれもあるんじゃないのか？」

「濃い……ですか？」

「どう見たって、濃いだろう。私ならすぐにカウンセラーに相談するレベルだ」

これでも、クマはかなり薄くなったほうだ。星那とのプレイのおかげで気持ちも安定していたので、もう大丈夫なのだと思っていたが、どうやらそうでもなかったらしい。

「薬は？」

「……一昨日から飲んでないです」

「不安を強く感じている原因はそれで間違いなさそうだな。勝手に薬をやめるな……と、私も医者から怒られたことがある。自分の感覚はあまり信じないほうがいい」

「そう、みたいですね……」

「セナとは、あまりプレイしていないのか？」

「いえ、ちゃんとしてますけど」

「それでもこれというのは……君もなかなか苦労していそうだな。ところで――君は自分の欲求と願望について、きちんと理解しているのか？」

「自分の欲求と願望、ですか？」

シルヴィアの質問の意味がわからず、八雲は首を傾げた。今までの話の流れと、何か関係のある質問なのだろうか。

そんな八雲の反応を見たシルヴィアが、驚きに目を見開いている。

「まさか、考えたこともないのか？　……この国は、二次性に対する理解が遅れていると聞いたことはあったが、そこまでひどいとは思わなかった」

今度は呆《あき》れた表情を浮かべた。大きな溜め息を一つ吐き出してから、話を続ける。

「Ｓｕｂと一括りに言っても、その特性と欲求はそれぞれ違う。『支配されたい』という感情にもいろいろ種類があるということだ。それはわかるか？」

「……欲求の強さだけじゃなくて、ですか？」

「一番わかりやすい違いはそれだが、それだけじゃない。自分がＤｏｍに対して何を求めているのか、それを知らないままだと、何度プレイをしたところでＳｕｂの欲求が完全に満たされることはないんだよ。君はまだ、真の欲求が満たされていない状態なんだな」

「そんなことはないです！」

決めつけるようなシルヴィアの言葉に、思わず反論していた。

不安症がまだ残っていることは認めるが、星那のプレイに満たされていないせいではない。

その言葉だけは、認めるわけにいかなかった。

「ヤクモ、話は最後まで聞け。別に今の二人の関係がだめだと言っているんじゃない。君とセナなら、もっとお互いを満たせる関係になれるという話をしているんだ。そのためにはまず、君自身が自分の欲求を知ることが大事なんだよ」

ゆっくりとした口調で、諭《さと》すように説明された。

「……星那と、もっとお互いを満たせる関係に？」

「そうだ。君ら二人は出会ってからは長いが、まだ一緒に過ごした時間は短いんだろう？　まずはお互いを知るところから始めたらどうだ？　そうすれば、おのずと不安の原因は減るだろう。あと、君はセナにもっと考えていることを教えてやれ。君の性格だ。『自分は年上だから』と遠慮ばかりしているんじゃないのか？」

「………」

シルヴィアとは出会ってまだ数十分しか経っていない。

それなのに、まさかもうそんなところまで見抜かれてしまっているなんて。

「我慢するから不安になるんだ。弱音も我がままも、全部あの子に聞かせてやるといい。そうすれば、あの子も喜ぶだろう。Ｄｏｍは変なことで喜ぶからな」

「――人を変態みたいに言わないでくれますか？」

割り込んできた声に驚いて、八雲は慌てて振り返る。

ベンチから少し離れたところにある建物の壁にもたれながら、星那がこちらを見ていた。

「……星那。いつから、そこに」

「ちょっと前からです。もう少し、シルヴィアに任せるつもりだったんですけど――我慢できませんでした」

星那はそう言って表情を緩ませると、ゆったりとした足取りでこちらに近づいてくる。

ベンチの背もたれ越しに立ち、腕を回して、八雲の身体を後ろから抱きしめた。

「不安にさせて、すみませんでした」

星那から先に謝罪されてしまった。八雲は慌てて首を横に振る。

「星那が謝ることじゃないだろ。おれが勝手に不安になって、逃げ出したんだから……」

「八雲さんが不安を感じてることに気づいてなかったんだから、俺にも謝らせてください」

そう言って、抱きしめる腕に力を込める。

「……ただ、今度はこうなる前に、俺に話してくれませんか？　弱音でも、我がままでも、どんな些細なことだって――俺は八雲さんの言葉なら、全部聞きたいです」

星那の言葉はグレアがなくても、不思議と心に直接染み込んでくるようだった。

不安に感じていた八雲の心を、すっと溶かしていく。

「………わかった」

後ろから回された星那の腕を抱きしめながら、八雲は小さく頷いた。


不安に感じていたことを、ぽつぽつと星那に打ち明けた。これまで抱えてきた不安をすべて言語化することは難しかったが、今日感じたことだけでも星那に伝えておきたいと思ったからだ。

拙《つたな》い言葉で打ち明ける八雲の手を、星那はぎゅっと握りしめてくれていた。穏やかな表情で頷きながら、八雲の一言一句を逃がさないよう耳を傾けてくれている。

その間、シルヴィアは二人から少し離れたところに立っていた。

会話が聞こえないように、シルヴィアなりに気遣ってくれたのだろう。

少しの時間だったが、星那に話したおかげで不安な気持ちが幾分か楽になる。シルヴィアの言ったとおり、星那に自分の気持ちを打ち明けることが一番の解決策だったらしい。

「……シルヴィアさんも、ありがとうございました」

助言をくれたシルヴィアに礼を言っておいた。八雲の言葉を聞いて「礼には及ばんさ」と笑ったシルヴィアに、「元はといえば、シルヴィアが悪いんですけどね」と星那が珍しく悪態をつく。

「星那……？」

「だって、そうでしょ？　シルヴィアがあそこで俺に話し掛けてこなかったら、ややこしくはならなかったわけなんだから」

「そのフォローなら、ちゃんとしただろう？」

シルヴィアはそう言ったが、星那はまだ納得できていないようだ。

不機嫌そうに眉根を寄せながら、はぁっ、とわざとらしく溜め息をつく。

「隠し撮りが目的なら、そのまま隠れててくれればよかったのに」

「……え、隠し撮りって？」

「せっかく見せてやったのに、ひどい言い草じゃないか。私の写真はどれもよかっただろう？」

自分を挟んで行われる二人の会話に、八雲は全くついていけなかった。

——隠し撮りって、いったいなんのことだ？

この疑問も顔に出てしまっていたのか、八雲の表情に気づいたシルヴィアが、にやりと笑う。

「そうだ。ヤクモにも見せてやろう」

シルヴィアはそう言うと、ベンチに置いていた鞄を自分の手元に引き寄せた。

中から取り出したのは、立派な一眼レフカメラだ。

重そうな鞄だとは思っていたが、まさかそんなものが入っているとは思わなかった。

ちらりと見えた鞄の中には、他にも高そうなレンズがいくつも収められている。

「私の仕事道具だよ」

「もしかして……カメラマン、なんですか？」

「ああ。昔はユリナの専属だったんだが、今は人ではなく、海外で野生動物を専門に撮っている」

手元のカメラを弄《いじ》りながら、シルヴィアが説明を続ける。

シルヴィアが八雲のことを野生動物のようだと言ったのは、これが理由だったらしい。

「じゃあ、今日も仕事で？」

「いや、オフだよ。自然の中で野生動物ばかりを相手にしていると、たまにこういうごちゃごちゃした場所で人を撮りたくなるんだよ」

「誤魔化さないで、本当のことを言ったらどうですか？　母さんに頼まれて、俺たちのこと隠し撮りしてたって」

――ユリナさんに頼まれて……？

「守秘義務があるから、その質問には答えられないな――ああ、あった。ほら、これを見ろ」

シルヴィアは星那の追及を適当にはぐらかしながら、無造作にカメラをこちらに手渡してきた。

見るからに高そうなカメラを気軽に受け取る勇気はない。八雲がどうしたものかと迷っていると、星那が代わりに腕を伸ばして受け取ってくれた。

「悔しいけど、写真はよく撮れていたので……八雲さんもどうぞ」

星那は溜め息まじりにそう言いながら、カメラについている液晶画面を見やすいように八雲の目の前に差し出す。

そこに映っているものを見て、八雲は、ぱちりと目を大きく瞬かせた。

「え……これって、おれと星那？」

画面に映し出されていたのは、二人並んでパークを歩く八雲と星那の姿だった。

星那の言った隠し撮りというのは、このことだったらしい。

いつの間にこんなものを撮られていたのだろう。シルヴィアのカメラに収められている二人の写真は一枚だけではない。何枚も二人の様子が記録されている。

「よく撮れているだろう？」

シルヴィアが自慢げにそう言ったが、八雲はそれどころではなかった。

「ちょ、待って……これ」

衝撃的な写真を見つけて、思わず声が出てしまった。

八雲が目を止めたのは、二人の表情のよくわかるアップの写真だ。

――なんだよ、これ……顔、近すぎだろ。

どう見ても、顔の距離が近すぎる。撮影の角度によっては、キスしているようにしか見えない写真まであった。もちろん、こんな公衆の面前でキスなどした記憶はないが。

しかも、どれも八雲のほうから、星那に顔を近づけている写真ばかりだ。

――え、え……待って。おれ、こんなことした？

全く意識していなかった。

それだけに羞恥心が一気に込み上げ、八雲は文字どおり、頭を抱える。

「君は言葉よりも、表情と態度がわかりやすいと言っただろう？」

衝撃を受け続ける八雲に、シルヴィアが、じりじりと身体を寄せてきた。

笑いながら、八雲の脇腹を肘でつついてくる。

「嘘だろ……こんな」

「嘘じゃないのは見ればわかるだろう？　どの写真も見ているこちらが胸やけを起こしそうだ」

ぐうの音《ね》も出なかった。

糖度の高すぎる写真に、当人である八雲も胸やけを起こしつつある。

「最初にこれを見せてやればよかったな。そうすれば、不安なんて一瞬でなくなっただろうに」

「……いや、これはこれで」

初対面のシルヴィアにいきなりこんなものを見せられたら、違う理由で逃げ出してしまっていたかもしれない。いや、確実に逃げ出していたと思う。

「シルヴィア。八雲さんをあんまり揶揄《からか》わないでもらえますか」

星那が、八雲をかばうように二人の会話に割って入った。

シルヴィアがようやく揶揄うのをやめてくれる。

「星那も……気づいてたなら、顔が近いって言ってくれたらよかったのに」

「嫌ですよ。積極的な八雲さん、可愛かったですし」

「積極的って…………めちゃくちゃ恥ずかしいじゃん」

「恥ずかしがることなんてないですよ。ハンバーガーショップのスタッフの方も、お似合いのカップルだって言ってくれましたし」

「うーあー……」

——店員さんにまで、そんな風に言われてたなんて。

でも、それを知っていれば、最初から不安になんてならずに済んだかもしれない。

「君たち二人は、本当にお似合いのカップルだよ」

「……………シルヴィアさんまで」

顔が熱くてたまらない。再び頭を抱えて言葉にならない呻き声を上げていると、軽やかに笑ったシルヴィアが、八雲の後頭部をぽんぽんと叩いた。

「さてと、あまり邪魔をするのもよくないから、私はそろそろ行くかな」

八雲を揶揄いつくして気が済んだのか、シルヴィアはそう言うとベンチから立ち上がった。

カメラ機材の入った鞄を肩に掛け、そのポケットから何かを取り出す。名刺だった。

「モデル料の代わりに渡しておく。セナの写真が見たければ連絡してくるといい」

「星那の写真、ですか？」

「生まれたときのものから全部揃っているよ。見たくはないか？」

「っ!!　見たいです!!」

一気にテンションの上がった八雲は、シルヴィアの名刺をぎゅっと力強く両手で受け取った。

じっ、とこちらを見つめていた星那が、横から八雲の手首を摑んで引っ張る。

「…………八雲さん。距離が近いです」

「ははっ、本当に嫉妬深いDomだな。ツキヤとよく似ている」

「そう言われるのは、あんまり嬉しくないです……」

月也《つきや》というのは星那の父親のことだ。

父親に似ていると言われるのは嫌なのか、複雑な表情を浮かべる星那の肩を、シルヴィアが笑いながらバシバシと叩く。

二人が親しげにしている光景を見ても、もうあの黒い感情が湧き上がってくることはなかった。

「では、またな」

シルヴィアはそう言うと、振り返らずに去っていった。

「嵐みたいな人だったな」

「そうですね。シルヴィアはいつもあんな感じです」

星那はそう答えながらも、どこか不貞腐れた様子だった。

ベンチに座り直した八雲の肩にもたれるように頭を乗せ、ぷっくりと頰を膨らませている。

「……八雲さんって、やっぱり小さい頃の俺のほうが好きだったりします？」

「え……?!　いや、なんでそうなるんだよ」

「シルヴィアの写真に興味津々だったじゃないですか」

「違うって。そりゃ興味はあるけど、別にそっちが好きとかそういうんじゃなくて……ほら、星那はおれの昔の写真に興味ない？」

「あります！」

「それと同じだよ。それに、おれ……星那の写真とか全然持ってないし」

八雲は、星那の写真をほとんど持っていない。

手元にあるのは、景塚家のクリスマスパーティーで撮った集合写真ぐらいだ。

「俺が持ってるのでよければ、今度あげますよ。なので、八雲さんの昔の写真も俺にください」

「いやいや、さっきのは単なるたとえで……それに、おれの写真は全部、実家に置いたままだし」

「ください!!」

星那の機嫌は直ったようだが、今度は違う問題が浮上してしまう。

実家に連絡して、送ってもらうしかなさそうだった。


気づけば、時刻は午後三時を過ぎていた。

それでもまだ、テーマパークを楽しむ時間は充分にある。

二人は、予定していた五つ目のアトラクションを目指して歩いていた。

いつもなら八雲のすぐ隣を歩く星那が、今日は周りに人が多いからか、八雲より半歩ほど前を歩いている。背が高い分、歩幅は広いはずなのに、歩く速さは八雲に合わせてくれているのがわかる。

そんな星那の背中を見ながら、八雲はシルヴィアに言われたことについて考えていた。

——おれの、真の欲求……か。

Ｓｕｂの欲求は『支配されたい』というものだけだと思っていた。

その欲求の強さに個人差はあっても、Ｄｏｍに対して求めていることがそれぞれ違うなんて、考えたこともない。自分の持つ欲求についてもだ。

本当に自分にもそんなものがあるのだろうか。そう、疑問に思わなくもない。

だが、Ｓｕｂの先輩であるシルヴィアがくれた助言を無駄にするつもりはなかった。

——そういえば……星那の欲求はどうなんだろ。

Ｄｏｍは、Ｓｕｂとは違うのだろうか。もし星那にも『支配したい』という欲求以外に何かしてほしいことがあるのなら、星那の望んでいることが知りたい。

――あ、そっか……だからシルヴィアさんは、もっとお互いを知れって。

さっき、自分の気持ちを素直に星那に打ち明けたのは、その第一歩だ。

八雲はまだ、星那について知らないことばかりだった。

特にプレイに関しては、これまですべてＤｏｍである星那に任せきりで――Ｓｕｂは支配されるだけだと思っていたから、ただ委ねることが当たり前なんだと思っていた。

星那に遠慮する気持ちがあったのも間違いない。

本能のまま、星那に求めてはいけないと――今までずっと、そう自分を戒《いまし》めてきたせいだろう。

もう気持ちを押し込める必要はなくなったのに、五年以上前から染みついてきたその考え方を急に変えるのは難しい。

でも、そのせいで勝手に不安になり、星那に迷惑をかけてしまったのも事実だった。

――このままじゃ、よくないよな。

星那は、なんでも話してほしいと言っていた。

弱音も我がままも、全部聞きたいと言ってくれた。

――今すぐ、おれにできることは。

一つ決心をして、顔を上げる。八雲が声を掛けるより前に、星那がこちらを振り返った。

「どうしたんですか？」

「え……あっ」

無意識に、星那のシャツの裾を掴んでしまっていたらしい。

慌てて離そうとした八雲の手を、星那が掴む。首を傾げながら、こちらの顔を覗き込んできた。

「何かありましたか？」

なんでもない――今までなら、そう答えてしまっていただろう。

やはり無自覚なまま、そうやって自分の気持ちを抑え込んでしまっていたようだ。

星那の顔を見つめながら、ごくりと唾を呑み込む。

「……我がまま、言っていいんだよな？」

いきなり願望をさらけ出すことはできなくて、小声で星那に確かめた。

八雲の問いに一瞬驚いた表情を浮かべた星那が、すぐに目尻を下げて嬉しそうに頷いたのを見て、なぜだか八雲まで嬉しくなる。

自分の手を掴んでいる星那の手を引き寄せ、耳元に顔を近づけた。

「今すぐ……二人きりになりたい」

気づけば、星那の腕の中に抱き竦められていた。


星那は二人きりになれる場所を用意してくれていた。

手を引いて連れてこられたのは、このテーマパーク内に一棟だけあるホテルの一室だ。

バルコニーからパークを一望することができる、ホテルの中でも一番人気の部屋だった。

星那はいつの間にこんな部屋を用意していたのだろう。そんな疑問を抱かなくはなかったが、今はそんなことより、星那の支配が欲しくてたまらなかった。

部屋に入り、真っ先にバスルームへ連れ込まれた。

お互いあまり余裕のない状態で服を脱ぐ。目が合うたび、何度も唇を奪われた。

身体を密着させたまま、一緒にシャワーを浴びる。星那の手が肌の上を滑るたび、身体の中心に熱が溜まっていくのがわかる。

たまらない気持ちになり、今度は八雲から星那に口づけた。

「ん……っ」

星那がするように、うまくはできない。

唇を開くタイミングがわからず、顔の角度を変えながら、ただ唇を押しつけるだけになってしまう。

「星那……」

欲しがるように、星那の名前を呼んだ。

星那は観察するように、じっと八雲を見つめている。真剣なまなざしに、ぞくりと震えが走った。

なおも、たどたどしい口づけを続けていると、星那が目を細めて淫靡《いんび》に微笑む。

「舌は絡めなくていいんですか？」

そう言って挑発するような視線を向けながら、唇をうっすらと開いた。

隙間から真っ赤な舌先を、八雲に見せびらかしている。

誘われるように、八雲も唇を開く。おそるおそる近づけた舌先同士が触れた瞬間、そこから電気が流れ込んだような、痺れにも似た気持ちよさが八雲の身体を貫いた。

「ふ……ぁっ」

ひくん、と身体が跳ねた。

気持ちよさを逃がすように顎を上げて息を詰めていると、無防備になった八雲の首元に星那が顔を寄せる。吐息が触れたかと思えば、いきなり首筋に噛みつかれた。

「ひ――ッ」

甘噛みだったが、急所である首筋をいきなり噛まれるのは本能的な恐怖がある。無意識に逃げようと身体を引いた八雲の腰には、逃がすまいと星那の腕が回されており、ほとんど動けなかった。

顔を上げた星那の瞳が八雲を映す。獰猛《どうもう》な気配を秘めた藍色の瞳から目が離せない。

瞳の奥が煌《きら》めき、グレアが放たれた。

一瞬のうちに、星那の支配に搦《から》めとられる。

「――八雲さん、《跪《Kneel》いてください》」

「ん……っ」

鋭いコマンドに、考えるよりも先に身体が反応する。

気がつけば、バスルームの床に、ぺたりと座り込んでいた。

――星那、反応してる。

視線の高さに、星那の昂ぶりがある。八雲はそれに視線を奪われていた。

すでに何度か受け入れたことのあるものだが、こうして間近で見るのは初めてだ。

自分にだってついているものなのに、それが星那のものだからか、つい触れてみたくなってしまう。

星那の表情を窺うように、ちらりと視線を上げた。

「ちゃんと言葉で言ってください」

また顔に出てしまっていたのか、くすくすと星那に笑われてしまった。

「これ……触りたい」

「いいですよ。じゃあ、《舐めてください《Lick》》」

触りたいと言ったのに、星那の告げたコマンドはＬｉｃｋ――舐めろというコマンドだ。

自分の望んでいたものとは違うはずなのに、心臓がうるさく鼓動し始めた。

もしかすると、自分は最初から『舐めたい』と思ってしまっていたのかもしれない。

そんな願望を星那に見透かされていたのだとしたら。

震える息を吐き出しながら、おそるおそる星那の昂ぶりに顔を近づける。ゆっくりと口を開き、兆《きざ》し始めている昂ぶりの先端に舌先で触れた。

たったそれだけのことなのに、腰のあたりに、ずんと甘い痺れが走る。

シャワーの雫《しずく》を舐め取るように、竿の部分にも舌を這わせた。

自分がいいと感じる場所を刺激しながら、星那の反応のいい場所を探る。拙い愛撫に反応し、質量を増していく星那の昂ぶりに、胸の内側から愛おしさが込み上げる。

「八雲さん、《こっちを見て《Look》》……そう。《すごく上手です《Good boy》》」

褒められると嬉しくなって、もっと星那に満足してほしくなる。

星那が気持ちいいと言葉で伝えてくれるたび、八雲の気持ちよさも増した。

気づけば、全く触れていないはずの八雲の中心も、咥内《こうない》で脈打つ星那の昂ぶりと同じぐらい、熱く硬く張り詰めている。

「もう、イきそうです」

星那は切羽詰まった声でそう言うと、八雲の喉に先端を強く押しつけた。

嘔吐感に涙があふれたが、やめてほしくはない。むしろ、いつも優しい星那が自分を乱暴に扱うことに、不思議な高揚感を覚えていた。

「…………くッ」

星那が息を詰めた瞬間、舌の上に、どろりとした熱を感じる。

──これ、星那の。

どくどくとあふれてくる星那の白濁を、すべて口で受け止めた。

独特の味と匂いが八雲の官能を強く刺激する。腰の震えが止まりそうにない。

「ん……んん……ッ」

気づけば、八雲も吐精していた。

だらだらとあふれた八雲の白濁が、バスルームの床を汚す。

「八雲さんもイったんですね」

すぐに星那にも気づかれてしまった。

八雲の口から昂ぶりを引き抜いた星那が、床にこぼれた八雲の白濁を足先で弄《もてあそ》びながら微笑んでいる。星那の足指に絡みつく自分の白濁はあまりにも卑猥で、しばらく目が離せなかった。

「口の中、《見せてください》《Present》」

上を向き、口を開いた。身体はいまだに絶頂の余韻を引きずっていたが、八雲はとろりとした表情のまま、舌の上にある星那の白濁を本人に見せつける。

「そんなに嬉しいんですか？」

こぼれてしまうので頷けなかったが、きっと表情だけで伝わっているだろう。

幸せで、気持ちよくて――すごく満たされている。

「もういいですよ」

口を閉じ、唾液と一緒に星那の精を飲み込んだ。

自分の中に星那が染みわたっていくような気がして、身体の奥から多幸感があふれてくる。気持ちよさにぼんやりとしていると、星那が「あっ……」と何かに気づいたように声を上げた。

首を傾げて、星那の顔を見上げる。

「飲んじゃったんですか？　吐き出してよかったのに」

「………飲みたかったから」

これは、自分が星那を満足させられた証拠だ。

それを吐き出してしまうなんて、もったいなくてできるわけがない。

「無理はしないでくださいね」

「無理なんかしてない……おれは、おれで星那が満たされてくれるのが、一番幸せだから」

「それが、八雲さんの持つ欲求ですか？」

――そうかも、しれない。

口から自然とこぼれた言葉だったが、これが八雲の本能が求めているもののような気がした。

自分が満たされたときよりも、星那が自分で満たされてくれたときのほうが、より大きな充足感を得られている。今の幸せで満ち足りた気持ちが、それを物語っていた。

「……そうなのかも」

「そうだったんですね。じゃあ――もっと俺を満たしてください」

星那はそう耳元で囁いた後、少し強めに八雲の耳たぶに歯を立てた。


バスルームから、寝室へと移動する。

向かい合った状態で星那の足の上に跨《また》がり、星那を受け入れていた。

丁寧に解された身体は少しぐらい乱暴に扱われても、それをすべて快楽に変換する。

ベッドのスプリングを利用し、下から断続的に突き上げられれば、八雲は首を仰け反らせながら、甘い声を上げることしかできなかった。

「あ、……ッ、んあぁ……あっ！」

「八雲さんは奥を責められるのが好きなんですね」

「んぁあ――っ!!」

ずん、とより強く最奥《さいおう》が押しつぶされた。押し出されるような悲鳴を上げた八雲の首元に、星那が顔を寄せて甘噛みしてくる。

どうやら、星那は八雲に噛み痕をつけるのが気に入ったらしい。

甘噛みといっても、血が出ない程度というだけなので、痛みはかなりある。

最初こそ、その痛みに怯えていた八雲だったが、繰り返し噛まれるたび、受け取る感覚は痛みだけではなくなっていた。

びりびりと頭の奥まで痺れるような痛みに、身体の熱が煽《あお》られているのを感じる。噛んだ場所を舌先で強めに抉《くじ》られる感覚に、ひくひくと身体が揺れた。

八雲は間違いなく、痛みから快楽を受け取り始めていた。

首だけでなく、鎖骨や胸にも噛み痕はたくさん残されている。いつにも増して、大量の鬱血痕《うっけつこん》があちこちに散らばっていた。

「まだ明るい時間なのに……なんだか悪いことをしてるみたいですね」

八雲につけた痕を満足そうに指でなぞりながら、星那が視線を窓の外に向ける。

星那の言うとおり、外はまだ明るかった。

防音がしっかりしているおかげで外の音はほとんど聞こえてこないが、バルコニーから下を覗けば、今もテーマパークを楽しんでいる多くのお客さんがいるはずだ。そんな場所と壁一枚でしか隔てられていない場所で、星那に支配され、蹂躙《じゅうりん》される悦びに身体を熱くしている自分がいる。

「八雲さんってそういうシチュエーションが好きですか？　ここが反応しましたけど」

「あ……や、ッ」

低い声で囁いた星那が、八雲の臀部を撫で下ろす。

谷間に指を差し込み、結合部分の縁をなぞるように指を滑らせて、「ほら、ここ」と甘く掠れた声で八雲の耳をくすぐった。

「だめ……だ、って」

意識したせいで、さらに力が入ってしまう。

そのタイミングでまた強く突き上げられ、声を我慢できなかった。

「ん、ぁああッ！　……星那、待って……ぁあ——っ」

一突きされるたび、強い衝撃と快楽に意識がふわっと揺れる。

もうこの気持ちよさには、逆らえそうになかった。

興奮した星那の瞳からあふれるグレアが、八雲の本能を剝《む》き出しにする。裸になった本能を淫らな支配に搦めとられるのは、頭の中を直接犯されているかのようだった。

「ひ、ぁ……んぁ！　……ぁあ……あッ！」

身体と頭を一気に支配で凌辱《りょうじょく》され、八雲は掠れた嬌声を上げることしかできなくなっていた。

ぼろぼろと涙があふれ、口の端からは涎《よだれ》も糸を引いている。

脳がどろどろに溶けてしまったみたいだった。身体の熱が上がるにつれ、何も考えられなくなる。

周りの感覚がどんどんぼやけていく——ただ、星那のことだけははっきりと感じていた。

星那の喜びが伝わってくる。自分で満たされてくれているのがわかる。

「——八雲さん」

名前を呼ぶ声が聞こえた瞬間、これまでで一番強い衝撃が八雲を襲った。脊髄から脳に向かって、強い電流が流れたかのような痺れが駆け抜けていく。

世界が真っ白になって、弾けた。

†

一度、意識を手放した後なのに、八雲の中にはまだ星那の支配が色濃く気配を残していた。

身体の奥にも、星那の熱の痕跡が残っている。

上半身の皮膚がちりちり痛むのは、星那が強く嚙んだ場所だろう。いったいどんな見た目になっているのか、鏡で確認してみたかったが、今は身体を起こすのも億劫《おっくう》だった。

「星那……？」

「どうしました？」

名前を呼ぶと、すぐに後ろから反応があった。

じんわりと重い身体で寝返りを打って、星那のほうを向く。裸で寝そべり、こちらを見ていた星那が、眉をハの字にして微笑みながら、八雲の髪を梳《す》くように撫でた。

「八雲さん、《いい子でしたね《Good boy》》」

「……あ、ちょっと」

コマンドでいきなり褒めるのはやめてほしい。

せめて心の準備をさせてほしかったが、今さら文句を言っても遅いだろう。

星那の支配がまだ残っているように感じたのは、アフターケアがまだだったかららしい。

「ちゃんと褒める前に、八雲さんが意識を失っちゃったので」

「………星那の支配がすごすぎたからだろ」

本当にすごかった。

再会した日の星那の支配もかなりすごかったが、それをさらに上回っていた。

「まだ、ふわふわしてる」

「気持ち悪いとかではないですよね？」

「ないって。星那のグレアで気持ち悪くなったことなんてないし」

「そう言ってもらえると安心します」

ちゅ、と星那の唇が額に触れた。

穏やかに微笑む星那は、さっきまで八雲を貪っていた星那とは、まるで別人だ。

「何を考えてるんですか？」

「んー……いろいろ？　たくさん噛まれたなぁ、とか」

「痕もすごいことになっちゃってますね。帰り、由汰さんか蓮司さんに迎えに来てもらおうかな」

――そんなに、すごいことになってんのか。

そういえば、首の上のほうまで噛まれた記憶があるので、服で隠すのは無理かもしれない。

「星那は噛みたいっていうのが欲求なのか？」

「というより、俺のこれはたぶん……マーキング、ですかね」

身体にたくさん残された痕はマーキング――星那の独占欲の表れだったらしい。

自分の身体を見下ろして、見えるところについていた鬱血痕に触れてみる。よく見ると、上半身だけでなく太腿や足首まで、いろんな場所に痕が残されていた。

「あ、ここにもある」

「……すみません。暴走しました」

「いいよ、おれも……その、嬉しいし？」

中途半端な疑問形になってしまったが、星那にはきちんと伝わったらしい。

照れくさそうに笑った星那が、八雲の背中に腕を回して抱きついてくる。八雲も重い腕を持ち上げ、星那の身体を抱きしめた。

「あ、そういえば、今って何時？」

「今ですか？　えっと……午後八時前みたいです」

「ちょうどパレードの始まる時間じゃん。ここから見れたりすんのかな？」

予定していたテーマパークデートにはならなかったが、締め括りのパレードが見られるなら、星那と一緒に見たい。

「見えると思いますよ」

「じゃあ、一緒に……っと」

ベッドから身体を起こそうとして、失敗してしまった。腰の鈍い痛みのせいで、下半身に力がうまく入らなかったのだ。ふらついた八雲の身体は、星那がしっかりと抱きとめてくれた。

「大丈夫ですか？」

「……あ。今のなんか、ちょっと既視感あった」

「既視感？　ああ。そういえば、昔にも似たようなことがありましたね」

星那も同じ日のことを思い出したようだ。

初めて会った日、路地裏で八雲がふらついたときにも、星那はこうして身体を支えてくれた。

「あのときは失敗しましたけど、今日はうまくいってよかったです」

そう言って笑いながら、ベッドから降りるところまで手を貸してくれる。

「着るものってどこにあるんだ？」

「俺が取るので待っててください……あっ」

「ん？　どうした？」

「あの…………八雲さんが、よかったらなんですけど」

星那がおずおずと頼んできた内容に、八雲は思わず声を上げて笑ってしまった。


「星那に彼シャツの願望があったとはなぁ」

着替えとして星那に手渡されたのは、星那が着ていたYRのドレスシャツだった。上だけしか渡してこなかったのは、わざとだろう。

丈が長いおかげで太腿まですっぽりと隠れているので、別にこれだけでも問題はない。

ただ、着ているのが三十路手前の自分なので、八雲としては全然萌えなかった。

「……別に、誰でもいいってわけじゃないですよ。八雲さんだからです」

「わかってるけど…………あ、星那の匂いがする」

「汗臭いかもしれないので、あんまり嗅がないでください」

「全然、気にならないけど？」

もう一度、確かめるようにすんすんと鼻を鳴らしていると、「やめてください」と星那に顔を押さえられてしまった。

「わかった、もうしないって。星那のパジャマ姿もなんかいいな」

星那は部屋に用意されていた、上下セパレートタイプのパジャマを着ていた。

こういったパジャマらしいパジャマは逆に持っていないので、新鮮な気持ちになる。

「触り心地いいよな、それ」

「着心地もいいですよ」

「袖もズボンも、丈が足りてないけどな」

星那は一番大きいサイズのパジャマを選んで着ていたが、それでも丈が足りていなかった。

特に、ズボンの丈はふくらはぎの真ん中あたりまでしかない。

「……仕方ないです」

「なんか、そういうの含めて可愛いけどな」

そう言って、じゃれ合いながら、バルコニーのほうへ向かう。

寝室の一番奥、ガラス扉で隔てられた向こう側に、この客室専用のバルコニーはあった。

「防音、本当にすごかったんだな」

ガラス扉を開けると、スピーカーから流れているテーマパークのＢＧＭが一気に流れ込んできた。

八雲はバルコニーに出ると、腰壁から少し身を乗り出すようにして、下を覗く。

バルコニーのすぐ下にも、パレードの開始を待っている観客の姿が見えた。

ここからも、ちゃんとパレードを楽しめるということだ。

「そういえば、星那はいつの間にこんなホテルを予約してたんだ？　ここって予約難しいって言われてるはずなのに」

パレードが始まるまでには、もう少しだけ時間がある。

ずっと疑問に思っていたことを聞いてみた。

まだ少しふらつく八雲の身体を後ろから支えながら、星那が「ああ」と頷く。

「父さんの力を借りました。仕事用に必ず一部屋押さえてあるというのは聞いたことがあったので」

「へえ……そうだったんだ」

星那の父親は大手芸能事務所、景塚プロダクションの社長だ。

確かにその力を利用すれば、ホテルの予約は可能なのかもしれない。だが――。

「星那って、月也さんに力借りるのは嫌なのかと思ってた」

「いえ。使えるものは、なんだって使いますよ。それが両親の教えでもあるので」

確かに星那の両親なら、そんな風に教えそうだ。

肩を揺らして笑っていると、「ところで」と星那が真剣な表情をこちらに向けた。

「八雲さんは父さんのこと、名前で呼んでるんですか？」

「そうだけど……もしかして、嫌？」

「………嫌です」

「わかった。じゃあ、やめとく」

八雲に対して、弱音も我がままも聞かせてほしいと言ってから、星那も可愛らしい我がままを聞かせてくれるようになった。

今までなら遠慮していただろうことを、自分に素直に打ち明けてくれるのが嬉しい。

前よりも、急激に距離が縮まったような気がした。

「あ、パレード始まったな」

スピーカーから流れてくる音楽が変わった。パレードの始まりを告げるアナウンスが流れる。

下にいるお客さんたちの歓声が聞こえてテンションが上がる。

「ほら、星那見ろよ。めちゃくちゃ綺麗」

パレードは光と音楽が見事に融合した演出だった。

ファンタジー世界をイメージしたパーク内の街並みがプロジェクション・マッピングによって色を次々に変化させる。壁に映し出された映像や光がパレードをさらに盛り上げた。

ダンサーを乗せたフロートが近づいてくるたび、音楽が変わり、わぁっと下で歓声が上がる。

八雲たちがいるバルコニーはパレードのフロートよりも高い位置なので、ゆっくりと全体を見下ろすようにパレードを楽しむことができた。

「……素敵ですね。なんかすごく感動します」

「わかる。今日のデートもそうだけど……星那が一緒にいると、楽しいって気持ちが何倍にもなる気がする」

「俺も、同じ気持ちです」

星那が後ろから、八雲の首元に顔をうずめてきた。

八雲の身体に腕を巻きつけ、ぎゅうっとしがみついてくる。

「──ずっと、俺と一緒にいてくれますか？」

星那の声は切実な響きがこもっていた。もう離れたくないと思ってくれているのが、その仕草から伝わってくる。すりすりと甘えるように額を擦りつけてくる星那の頭に、そっと手を乗せた。

ゆっくりと頭の側面を撫で下ろし、触れた形のいい耳をふにふにと指先でこねる。

くすぐったかったのか、星那が肩を揺らして笑った。

「年の差なんか気にならなくなる年齢まで、ずっと一緒にいような」

「いいですね、それ」

それはきっと、遥か遠い未来の話だ。

何十年も先のことなのに、星那は一瞬も迷うことなく同意してくれる。

同じ気持ちで、自分を想ってくれることが嬉しかった。

「ずっと、一緒です」

ちゅ、と頬に星那の唇が触れた。

八雲は身体を反転させると、星那の額に自分の額をこつりとぶつける。

「今日みたいにまた、迷惑かけたりするかもしれないけど……あの誓いは絶対に破らないから。おれは一生、星那だけのＳｕｂだ」

「俺も……支配するのは八雲さんだけです。一生、八雲さんだけのＤｏｍでいます」

まっすぐ向けられた星那の瞳が、八雲の姿だけを映している。

きっと自分も同じように、瞳の中に星那だけを映しているのだろう。

笑った星那が、今度は唇に口づけてきた。

何度か柔らかく触れ合わせた後、ゆっくりと目を閉じる。

お互い、深くまで味わうように舌を絡め合わせた。二人の境界線がわからなくなるほど、長い時間求め合う。

テーマパーク全体を彩《いろど》るイルミネーションが、二人を祝福するように煌めいていた。

こんにちは、または初めまして。コオリです。

この度は「見上げるGlare」をお手に取っていただき、ありがとうございます！

皆さまの応援のおかげで、リブレさまから二作目のDom／Subユニバースをお届けすることができました。一作目である「高嶺のSubは擬態する」と同じ世界観ではありますが、作品はそれぞれ独立していますので、今作で初めて私の作品と出会った方も安心してお楽しみいただけると思います。ちなみに高嶺は鳥丸太郎先生にコミカライズもしていただきましたので、そちらもチェックしていただけると嬉しいです。よろしくお願いします!!

見上げるGlareは私の性癖を盛り込んだ作品です（本編のネタバレがあるので、先にあとがきを読んでる方は自己責任でお願いします）

まずは小学生DomとワーカホリックSubという組み合わせ。

そして十一歳という年の差！　年下・敬語攻め！　とにかく、これが書きたかった!!（笑）

あと、景塚家のちょっと不思議な組み合わせもお気に入りです。家族の形はその数だけあると思っているので、Dom同士、Sub同士がカップルでパートナーという景塚家のあり方が大好きです。

そして、体格差下剋上!!　年の差カップルといえばこれでしょう!!　スパダリショタが執着溺愛系の絶倫攻めに成長するなんて！　書いていて、とても楽しかったです。

そんな性癖があふれる拙作を書籍化してくださったリブレさま、本当にありがとうございます!!

今回も装画は円陣闇丸先生に担当していただきました！　いつも美しすぎるイラストで作品を彩っていただき感謝しかありません。本当にありがとうございます!!

カバーイラスト、めちゃくちゃエモすぎませんか!?　担当さんからラフをいただいたとき、本気で叫びました……心臓が止まるかと思った。表1もやばいんですけど、表4もはちゃめちゃにやばすぎて（残念語彙力）これはもう見た人全員同じ気持ちだろうと勝手に思っているので、詳しくは語りません（笑）よかったら皆さまの悲鳴も聞かせてください。感想・反応お待ちしております！

円陣闇丸先生、今回も美麗でエモすぎる最高のイラストをありがとうございました!!

今回もたくさんの方に助けていただき、こうして本をお届けすることができました。

最初に「『見上げるＧｌａｒｅ』を本にしましょう！」と声を掛けてくださったＹさま、いつも支えてくださる担当さま、そして八雲と星那のことをずっと応援してくださった読者の皆さま。そんな周りの方々のおかげです。いつも私の背中を押してくださり、ありがとうございます。皆さまに支えられているからこそ、私は今もこうして作品が書き続けられているのだと思います。

また、この本から新しくこの作品に出会ってくださった方にも深く感謝を申し上げます。

最後になりましたが、この作品に携わってくださいましたデザイナーさま、校正さま、編集さま、その他にもたくさんの方が関わってくださっていると思います。皆さま、ありがとうございました！

一人でも多くの方にこの作品を通じて、幸せであたたかい気持ちが届けられますように。

二〇二四年三月　コオリ

『見上げるGlare』をお買い上げいただきありがとうございます。
この本を読んでのご意見、ご感想など下記住所「編集部」宛までお寄せください。

アンケート受付中
リブレ公式サイト　https://libre-inc.co.jp
TOPページの「アンケート」からお入りください。

初出　見上げるGlare
＊上記の作品は「ムーンライトノベルズ」（https://mnlt.syosetu.com/）掲載の「見上げるGlare」を加筆修正したものです。
（「ムーンライトノベルズ」は「株式会社ヒナプロジェクト」の登録商標です）

求めるものと、願うこと………　書き下ろし

見上げるGlare《グレア》

著者名　コオリ

発行日　2024年3月19日　第1刷発行

発行者　太田歳子

発行所　株式会社リブレ
〒162-0825 東京都新宿区神楽坂6-46 ローベル神楽坂ビル
電話　03-3235-7405（営業）　03-3235-0317（編集）
FAX　03-3235-0342（営業）

印刷所　株式会社光邦
装丁　ウチカワデザイン
本文デザイン　ウチカワデザイン
リブレデザイン室

Printed in Japan
ISBN978-4-7997-6192-2